HAYMON
verlag

Marlen Pelny

Warum wir noch hier sind

Roman

Wir sitzen auf der Bank. Es ist weit und breit die einzige, die im Schatten steht. Großmutter friert. Ich stecke sie zur Hälfte in meine Jacke hinein. Ich mache mir Sorgen um ihre Gesundheit, aber sie sagt, eine Stunde müsse man mindestens bleiben, wenn man es ernst meine mit dem Vermissen.

Sie hat den Wecker gestellt, der bereits seit einer Viertelstunde tickt, und packt die Sachen aus, die sie in der Tasche hat: eine Tüte Bonbons, eine Schachtel Zigaretten, eine Packung Taschentücher.

Ich nehme mir eins, hänge die Jacke über Großmutters Schultern, stehe auf und beginne Staub zu wischen, auf Großvaters Grabstein. Dabei fällt mir ein Aufkleber auf. Er gehört zu der Firma, die sich um Großvaters Blumen kümmert. Ich versuche ihn vom Stein abzukratzen, aber Großmutter verbietet es mir.

Großvater hat nicht einmal T-Shirts mit Aufschrift getragen und jetzt dieser Sticker auf seinem Grab! Aber Großmutter will nichts davon wissen.

Die Dinge sind, wie sie eben sind, sagt sie.

Wahrscheinlich kann sie nicht mehr richtig denken. Sie beginnt zu zittern und ihre Lippen bekommen einen Blaustich. Aber ich sage nichts. Ich bin ganz still. So wie Großvater hier. Vielleicht würde er etwas sagen, wenn ich nicht da wäre. Vielleicht würde Großmutter antworten. Vielleicht trauen sie sich nicht, miteinander zu reden in meiner Anwesenheit.

Ich probiere selbst, wie sich das Kommunizieren mit einem Toten anfühlt.
So, Opa, jetzt machen wir mal ein bisschen Ordnung in deinem Beet, sage ich, damit – ja, warum eigentlich? Du kannst es ja sowieso nicht sehen.
Zum Glück hat Großmutter nicht zugehört. Die Dinge sind, wie sie eben sind, sagt sie noch einmal und hat dabei wieder diesen Gesichtsausdruck. Ständig hat sie diesen Gesichtsausdruck! Ich frage mich, wann sie das letzte Mal gelacht hat. Es ist so lange her, dass ihr das noch nicht wehtat.
Wenn Großmutter Schmerzen hat, fällt es mir schwer, sie anzusehen. Ihr Gesicht verzieht sich dann zu einer hässlichen Fratze. Und wenn sie weint, passiert das auch. Sie weint bitterlich. Wie jeden Sonntag. Ihre blauen Lippen sind jetzt eine ganz gerade Linie. Ihre Falten bilden eine tiefe Furche zwischen den Augenbrauen und die Tränen rollen wie Regentropfen ihre Wangen hinab. Nie weiß ich, ob sie Schmerzen hat, weil sie weint, oder ob sie weint, weil sie Schmerzen hat. Ich gehe zu ihr und verstecke ihre Fratze in meinen Armen.
Sie riecht nach diesem merkwürdigen Parfum, das sie seit ein paar Wochen benutzt, genau genommen seit Großvater unter der Erde ist. Ihren Zuhausegeruch gibt es nicht mehr. Eigentlich war es mein Zuhausegeruch. Wenn sie

mich gefragt hätte, hätte ich ihr verboten, ihn gegen den hier einzutauschen. Lange wusste ich nicht, dass auch der Zuhausegeruch ein Parfum gewesen ist. Ein Parfum, vermischt mit Großvaters Zigarettenqualm. Erst als sie es eingetauscht hat und ich aufpassen musste, dass sie dadurch niemand anderes für mich wurde, hab ich auf dem Brett vor ihrem Spiegel die kleinen Fläschchen aufgeschraubt, daran gerochen und eins und eins zusammengezählt. Jetzt riecht Großmutter streng und bitter, nach einem Duft, der versucht, ihr Alter zu übertünchen, und dabei ihre schrumpelige Haut noch schrumpeliger erscheinen lässt. Wenn sie nicht weinen würde, würde ich sie fragen, wer ihr diesen Gestank eigentlich empfohlen hat.

Ich bleibe neben ihr sitzen. Es ist ja eh Ordnung in Großvaters Beet. Wegen der Aufkleberfirma.

Soll ich ihm eine Zigarette hinlegen?, frage ich.

Nee, nee, sagt Großmutter, wenn das jemand sieht! Gib mir lieber mal Feuer! Wir rauchen *für* ihn, aber nicht *mit* ihm. Er hatte ja sowieso aufgehört. Wenn auch zu spät.

Der letzte Satz klingt bitter. Großmutter faltet ein Taschentuch auseinander und drückt es fest auf ihr Gesicht. Dann putzt sie sich die Nase. Sie ist fertig mit Weinen.

Ich hole das Feuerzeug aus der Hosentasche.

Ist das deine erste Zigarette?, frage ich.

Na ja, antwortet Großmutter, die erste, die ich selber rauche.

Sie hält sie so, wie Großvater sie gehalten hat. Und sie pafft auch so, wie Großvater gepafft hat. Sie kann genauso wenig schön rauchen wie er, aber immerhin wird sie daran nicht mehr sterben.

Sie spitzt die Lippen, während sie den Rauch auspustet, als wäre er ihr eigentlich zuwider. Und sie zieht auch viel zu hastig. Sie hat sich alles bei Großvater abgeguckt. Am Ende zwirbelt sie das letzte Viertel Zigarette zwischen den Fingern, damit die Glut rausfällt. Ich trete darauf, nehme ihr die Kippe aus der Hand und schmeiße sie in den Eimer, in dem ansonsten nur zerknüllte Taschentücher liegen.

In dem Moment klingelt der Wecker. Die Stunde ist um. Jetzt können wir essen gehen.

Großmutter bestellt Salzkartoffeln, Spiegeleier, Spinat. Ich drücke ihr daraus einen Matsch auf dem Teller. Der neue Kellner gibt sich Mühe. Er bringt ein Getränk, das es sonst nur beim Chinesen gibt, und ist so nett, dass Großmutter auch nett ist. Er sagt: die Damen. Sie nennt ihn: Martin, mein Junge.

Ich muss unbedingt daran denken, vor meiner Heimreise noch ihre Zahnzwischenräume zu reinigen. Wenn ich schon dabei bin, kann ich ihr auch gleich die Nägel schneiden. Und die Haare. Sie wirkt so, als hätte man sie gegossen.

Martin, mein Junge fragt, ob wir einen Espresso wollen oder einen Eisbecher. Obwohl Großmutter gerade noch gefroren hat, entscheidet sie sich für den Eisbecher. Es ist ein Pinocchio-Eisbecher mit Smarties-Augen und einer langen Waffel-Nase. Sie schmatzt so lange auf der Waffel herum, bis das Eis geschmolzen ist.

Komischerweise fragt sie mich genau in diesem Moment, ob ich denn gar keine Kinder wolle. Ich habe mich schon oft darüber gewundert, dass die Menschen nie in der Einzahl fragen, ob man kein *Kind* möchte, als würde *ein* weiterer Mensch nicht ausreichen.

Wenn man sich schon dafür entscheidet, schwanger zu sein, jahrelang nicht schlafen zu können, seine Pläne über Bord zu werfen (falls man vor der Geburt welche hatte, die nichts mit einem Kind zu tun hatten), sich mit Freundinnen und Partnern plötzlich über die richtigen Windeln und die Autonomiephase zu unterhalten, dem Babykörper beim Wachsen und dem eigenen beim Altern zuzusehen, ununterbrochen auf Spielplätzen abzuhängen und auf dem Nachhauseweg einen Streit vor dem Eiscafé auszutragen, wenn man sich also schon dafür entscheidet, das unbedingt haben zu wollen, warum dann gleich mehrmals?

Immer, wenn ich das Wort *Kind* höre, muss ich zwangsläufig an Etty denken. Keine Ahnung, ob ich jetzt noch hier sitzen würde, wenn Etty mein Kind gewesen wäre.

Ich finde das irgendwie narzisstisch, die Sache mit den Kindern, sage ich.
 Wie meinst du das – narzisstisch?, fragt Großmutter.
 Na ja, man muss sich schon ziemlich toll finden, wenn man sich nochmal im Kleinformat erzeugt. Und dann muss man dieses Wesen auch noch rund um die Uhr in seiner Nähe ertragen. Ich weiß nicht, ob ich dafür geschaffen bin.
 Ach, du und deine komischen Gedanken, sagt Großmutter.
 Ich bestelle mir einen Grappa, trinke ihn auf ex und bringe Großmutter nach Hause, wie sie es nie nennt. Sie nennt es den *Turm*, seitdem ich ihr die *Einrichtung* verboten habe.
 Mit dem Turm hat sie immerhin insofern recht, als dass das Haus, in dem sie wohnt, wirklich hoch ist. Es hat dreizehn Stockwerke und ist auch nicht besonders breit. Früher nannte man so etwas Punkthochhaus, zu der Zeit,

in der Großmutter im Leben nicht in so etwas gezogen wäre, weil sie ja ein eigenes Haus hatte, mit einem Garten und einem Mann, der den Rasen mähte.

Seitdem Großmutter sich damit abgefunden hat, dass sie hier wohnen bleibt, schwingt sie ihren Stock, wenn sie sich der Haustür nähert. Es regt mich auf, aber ich sage nichts. Wenn sie einen Sturz provozieren will, bitte schön. Es ist nur so ärgerlich, weil sie mich nicht fragt, ob ich, wenn sie fallen würde, überhaupt Lust hätte, sie aufzuheben.

Der Fahrstuhl bringt uns in den siebten Stock. An Großmutters Wohnung ist ein Balkon, aber die Tür klemmt, sodass sie ihn nie benutzt. Ich glaube, auch aus dem Fenster sieht sie äußerst selten. Dabei war der Ausblick auf die Saale der Grund, dass wir uns für diese Wohnung entschieden haben.

So hässlich ist Halle gar nicht, stimmt's?, hat Großmutter damals gesagt.

Und ich habe gefragt, ob sie etwa denke, dass ich Halle hässlich fände.

Na, warum sonst bist du denn hier weggegangen, war ihre Antwort. Ich wusste schon in dem Moment, in dem ich mir eine Erklärung abrang, dass sie sie niemals verstehen wird.

Ich ruckle so lange an der Tür herum, bis sie sich endlich löst und frische Luft ins Zimmer strömt.

Großmutter sagt wie immer: Uh, das ist aber kalt!

Wenigstens einmal in der Woche muss das aber sein, sage ich.

Sie antwortet nicht, sondern zieht sich die Jacke wieder an, während ich auf die Suche nach der Zahnseide gehe. Das dauert. Großmutter wusste gar nicht, dass sie Zahnseide hat. Kein Wunder, wenn sie sie ganz hinten im Schrank versteckt, hinter Putzstein und Chlorreiniger.

Die paar Zähne, die ich noch habe, gehen doch nicht durch ein paar Fetzen Spinat kaputt, sagt sie. Ich bleibe vor ihr stehen, als hätte ich nichts gehört, und spanne den Faden zwischen meinen Fingern. Also löst sie ihr Gebiss und legt es ins Glas. Sie setzt sich auf den Plüschhocker vor die Badewanne und putzt genüsslich die letzten ihr verbliebenen Zähne.

Einmal die Vollwäsche, lispelt sie, als sie fertig ist. Mit Glanzspülung.

Werfen Sie die Münze in den Schlitz, sage ich.

Klirr, sagt sie.

Vergewissern Sie sich, dass die Handbremse angezogen ist und die Seitenspiegel eingeklappt sind, und drücken Sie dann auf Start.

Start, sagt sie.

Es ist schwierig, jemandem die Zahnzwischenräume zu reinigen. Erst beuge ich mich vor, dann gehe ich in die Hocke, dann versuche ich es von hinten.

Ach, das reicht doch jetzt, sagt Großmutter und streckt den Arm schon Richtung Handtuch aus. Aber so einfach gebe ich nicht auf. Man muss die Zahnseide immer in Bewegung halten, damit sie nicht stecken bleibt und sich verklemmt. Aber natürlich verklemmt sie sich, und weil Großmutter jetzt auch noch anfängt zu schimpfen, dauert die ganze Sache.

Wie immer, wenn Großmutter nackt auf dem Lift sitzt, der sie in die Wanne fährt, erzählt sie, wie schön sie früher war.

Ich finde dich jetzt aber auch nicht hässlich, sage ich.

Ja, ja, antwortet sie. Ja, ja.

Findest *du* dich hässlich?

Ach, Kind, sagt sie, schau doch nur mal meine Brüste an! Ein einziger Schrumpelhaufen ist das.

Also, ich mag deinen Schrumpelhaufen.

Ich streiche mit dem Lappen so zart, wie ich kann, über Großmutters Körper, in der Hoffnung, sie merkt, wie schön er ist. Leider fängt sie in diesem Moment schon wieder an zu weinen und zerstört ihre Schönheit durch ihre hässliche Kummerfratze.

Ach, Großmutter, ich liebe dich immer. Selbst wenn du gar keine Brüste mehr hättest, würde ich dich lieben. Oder wenn du nur noch ein Auge hättest oder ein Bein. Oder wenn du halb verbrannt wärst und übersät von großflächigen Narben. Sei nicht traurig, bitte.

Das Gute an Großmutter ist, dass sie meistens einsichtig ist. Die restlichen Tränen schluckt sie einfach hinunter. Sie schöpft mit den Händen Wasser und wirft es sich ins Gesicht.

Sie sieht super aus und riecht so gut, als sie endlich abgetrocknet und im Nachthemd in ihrem Sessel sitzt und ihr Abendbrot kaut.

Ich speichere dieses Bild und nehme es mit auf die Fahrt. Viel zu spät mache ich mich auf den Heimweg.

Die vielen Menschen mit ihren selbst gemachten Kleinformaten verstopfen die Straßen. Keine Ahnung, ob gerade Ferien sind. Auf jeden Fall steh ich im Stau. In jedem Auto, in das ich schaue, sitzt ein Kind, das entweder popelt oder mir die Zunge rausstreckt.

Im Rückspiegel geht die Sonne unter. Es könnte auch die Welt sein. So genau lässt sich das von hier aus nicht sagen. Ich steige aus und hole mein Buch aus dem Kofferraum. *Arbeit und Struktur* von Wolfgang Herrndorf.

Ich habe das Gefühl, das richtige Buch zur falschen Zeit zu lesen, kann aber trotzdem nicht aufhören.

Der Tod ist so ein fieses Arschloch. Wir sterben ja alle jeden Tag. Aber wir merken es nicht. Mit solchen fiesen Krankheiten, die wie bissige Tiere sind, ist das scheinbar anders. Da stirbt man quasi mit offenen Augen, auch wenn eigentlich alles andere gut ist. Der Herrndorf hat während *Arbeit und Struktur* quasi nicht gelebt, sondern ist gestorben. Und vor allem gewartet hat er.

In Herrndorfs Freundeskreis erkenne ich Sophie und mich wieder. Aber würde es eine von uns hinkriegen, eine Knarre zu besorgen? Wir wohnen ja auch in Berlin. Wenn auch nicht in Wedding. Ich will gar nicht daran denken, dass Heide sich erschießen wollte.

Nach zwei Stunden löst sich der Stau auf. Noch fünfzehn ungelesene Seiten. Ich fahre auf einen Rastplatz und lege das Buch wieder auf meinen Schoß. Beim Umblättern streichle ich die Seiten.

Irgendwann gibt es keine Seite zum Umblättern mehr. Und der letzte Absatz dröhnt in meinem Kopf: *(14) Erinnerung, etwa 4./5. 3. 2010, zwischen Diagnose und Einweisung, später, ungewöhnlich warmer Märzabend, ich hocke mit einer Tasse Tee vor dem Badfenster unter der prächtigen Nacht und sage zu mir selbst, ich weiß, was der Tod ist, und noch eine Weile weiß ich es, bis ich es wieder vergesse.*

Ich lege meine Hand auf den Buchrücken wie auf ein Gesicht. Wenn der Text ein Mensch wäre – ich hätte ihm die Hand aufs Gesicht gelegt, ihm über die Wangen gestrichen.

Ich sitze da, mit meiner Hand auf diesem Gesicht, auf diesem toten Herrndorf-Gesicht, unter dem tausende

Wörter vibrieren, und in meinem Kopf vibrieren sie auch. Sie haben sich in mich hineingraviert. Wenn man mich jetzt aufschneiden würde, wäre da kein Blut, sondern ganz viel Blei und Druckerschwärze.

Wie überlebt man solche Texte? Wie geht es jetzt weiter?
Ich sitze im Auto, mit meiner Hand auf einem fremden, toten Gesicht, und finde keinen Grund dafür, den Rastplatz zu verlassen, aber auch keinen, um hier stehen zu bleiben.
Ich denke über mein Ziel nach, aber mir fällt keins ein. Obwohl ich allein bin und gar nicht rede, will ich noch mehr schweigen. Ganz doll schweigen. So sehr schweigen, dass die Lippen wehtun, vom Aufeinanderpressen, bis die Spucke im Mund zu einem festen Ball wird, der jeden Ausgang versperrt. Aber es gehen Dinge in mich hinein. Ich weiß nicht, wie ich das verhindern soll. Ich höre meinen Atem lauter als die Sirene des Krankenwagens, der an mir vorüberfährt.
Aber irgendwie fahre ich plötzlich auch. Schnell wie meine Gedanken. Ich fahre ihnen hinterher. Und wenn ich angekommen bin, sind sie schon da und öffnen mir die Tür.

Jedes Mal muss ich mich vergewissern, dass es auch wirklich das Haus ist, in dem ich lebe. Ich checke die Fassade, ich checke die Hausnummer, ich checke das Klingelschild.
Ich steige die Treppen hoch. Es sind viel zu viele. Großmutter wird mich hier nie besuchen können, selbst wenn sie es wollte. Das schafft sie nicht mehr.
Ich habe mir die Wohnung nicht ausgesucht. Ich kann also nichts dafür. Die Wohnung ist weder schön noch praktisch, es war nur die einzige, die zur Verfügung stand. Dafür kostet sie so viel wie drei Wohnungen zusammen.
Ich schließe die Tür auf und setze mich auf eine der Umzugskisten.

Während ich die Treppen hinaufgestiegen bin, muss der Abend hereingebrochen sein. Draußen ist es total dunkel. Im Altenpflegeheim gegenüber brennt wie immer Licht bei dem Mann, der sein Zimmer vor meiner Küche hat. Er schlägt gerade die Decke zurück und setzt sich im Bett auf. Dann schwingt er die Beine zur Seite, als ob er aufstehen wollte, aber kurz danach stellt er ein Bein nach dem anderen ins Bett zurück, zieht die Decke wieder hoch und legt sich hin. Kurz darauf schlägt er die Decke zurück, setzt sich auf und wiederholt die Prozedur.

Ich überlege, ob ich Großmutter anrufen soll, um ihr zu sagen, dass ich gut angekommen bin. Aber ich will sie nicht beunruhigen. Vielleicht erinnert sie sich nicht, dass ich vor ein paar Stunden noch bei ihr war.

Draußen schimmert der Abend so schön. Meine Tränen hängen an den Fensterscheiben. Ich sehe zu, wie sie hinunterrollen, so lange, bis sie verschwimmen. In Gedanken mache ich mir ein Brot und ziehe mich aus. Immerhin muss ich mir nicht vorstellen, mich hinzulegen. Mein Bett ist ein Magnet. Und ich bin sein Gegenpol.

Ich liege im Bett und warte. Ich bin noch da. Ich lebe noch. Dabei liegt der Tod wie eine Decke auf mir. Ich kann nicht sterben, darf nicht sterben. Zumindest nicht jetzt. Nicht jetzt auch noch. Aber ich fühl mich so tot. Wenn man eine leere Tüte trägt, ist sie leicht. Doch meine Leere wiegt über die Maßen viel. Es ist nicht vorstellbar, den schweren, leeren Körper aus dem Bett zu bewegen.

Die Tränen an der Scheibe sind getrocknet, aber sie haben deutliche Spuren hinterlassen. Jetzt, bei Tag, sehen sie aus wie platte, eingetrocknete Würmer. Jemand sollte sie wegwischen.

Ich liege und rufe Großmutter an. Leider versteht sie nicht, was ich da im Telefon mache. Ständig fragt sie, welchen Knopf sie drücken muss, damit unten die Tür aufgeht.
    Vielleicht war es ein Fehler, sie diese Zigarette rauchen zu lassen.
    Großmutter, ich bin *zuhause*!
    Ach so, sagt sie. Und wann kommst du nach oben?

Ich muss erstmal *arbeiten gehen*, weißt du?
Ah ja, sagt sie, mach das, mein Kind, dann bis später!
Sie legt einfach auf. Dieses fiese Tuten im Ohr.

Ich habe Großmutter nicht erzählt, dass ich gerade weniger arbeite. Ich habe ihr rein gar nichts erzählt über die derzeitige Situation. Was sollte das auch bringen. Sie hat genügend Sorgen, da braucht sie nicht noch mehr.

Ich werde nach draußen gehen und meinen Kaffee im Gehen trinken. Irgendwo auf der Skalitzer Straße oder weiter drinnen im Kiez, in so einem Barista-Stübchen. Heide werde ich diesen Kaffee mit Karamell bestellen. Sie hat gesagt, sie brauche Zucker.

Es ist komisch, dass sie es schafft zu lächeln, wenn sie mich sieht. Sie lächelt und legt die Arme über meine Schultern, um meinen Hals. Ganz kurz nur, dann dreht sie sich um.
　Komm rein, sagt sie, und da erst merke ich, dass ich schon bei ihr bin. Ich kann mich gar nicht erinnern, die Zähne geputzt zu haben. Ich schaue an mir hinunter, ob ich angezogen bin. Das Letzte, woran ich mich erinnere, ist meine schmutzige Fensterscheibe. Wie ich sie angesehen habe, aus meinem Bett heraus, in dem ich eben noch lag.

Heide sieht so aus, als hätte sie die Nacht stehend hinter der Tür verbracht und darauf gewartet, dass ich ihr diesen Kaffee bringe. Ich sehe, wie ihre Gedanken zerbröseln und ziemlich weit nach unten rutschen. Sie landen als riesige Krümelmasse in ihrem Herz. Sie trinkt einen Schluck, dann sacken ihre Schultern nach unten. Sie schaut auf die Maserungen des Tisches und zerdrückt darauf ein imaginäres Insekt.
　Wie geht es dir?, frage ich.

Heide nickt abwesend mit dem Kopf und schaut mir genauso abwesend in die Augen.

Ich weiß gar nicht, was ich jetzt machen muss, sagt sie.

Müssen musst du gar nichts, sage ich.

Schön wär's, antwortet sie.

Sie hebt ein paar Zettel hoch und wedelt damit herum.

Das muss ich alles abarbeiten.

Oh nein, sage ich, schon wieder so ein bürokratischer Irrsinn! Kann ich das nicht machen?

Ich fürchte, du verstehst das alles noch weniger als ich.

Hast du heute Nacht geschlafen?, frage ich.

Ach, sagt Heide, ich weiß es nicht.

Magst du dich ein bisschen hinlegen?

Ich weiß nicht, wohin.

Ich nehme sie an die Hand und führe sie zum Sofa. Sie legt den Kopf auf meinen Schoß. Ich lege die Decke auf ihren schmalen Körper und lasse meine Hand auf ihrer Schulter liegen.

Wann ist Sophie gegangen?, frage ich.

Vor zehn Minuten.

Heide kann also zehn Minuten alleine bleiben. Zehn Minuten, ohne dass sie aus dem Fenster springt, eine Rasierklinge sucht oder den Föhn.

Sie ist mehr als müde. Wahrscheinlich ist sie eingeschlafen, während sie mir geantwortet hat. Jetzt atmet sie gleichmäßig und schwer in meinen Schoß.

Auf dem Tisch liegt ein Fotoalbum. Ich ziehe es neben mich und schlage es auf.

Etty als Baby von vorn. Etty als Baby von hinten. Etty mit einem Jahr und einem Zähnchen. Etty mit zwei Jahren, mit ihrer Ente am Strick. Etty mit drei Jahren, mit einer Pappkrone auf dem Kopf und Schokolade im Gesicht. Etty mit vier Jahren im Schwimmbad. Etty auf Heides

Schoß, beim Plätzchenausstechen. Etty mit fünf Jahren auf meinem Schoß. Etty mit sechs Jahren im Tierpark, stolz und tapfer vorm Tigerkäfig. Etty mit sieben Jahren beim Kerzenauspusten am Geburtstagstisch. Etty mit acht Jahren beim Tanzkurs. Etty mit neun Jahren auf einem Pferd. Etty mit zehn Jahren im Kinderzimmer. Etty mit elf Jahren beim Minigolf. Etty mit zwölf Jahren beim Zähneputzen. Etty mit dreizehn Jahren bei miesester Laune. Etty mit vierzehn Jahren an irgendeinem Buffet. Etty mit vierzehn Jahren beim Sprung in den See. Etty mit vierzehn Jahren beim Auftauchen aus dem See. Etty mit vierzehn Jahren beim Torte-Essen. Etty mit vierzehn Jahren am Strand von Fuerteventura. Etty mit vierzehn Jahren vor der Haustür. Etty mit vierzehn Jahren kurz vor ihrem Tod.

Wenn ich nicht ruckartig weine, kann Heide weiterschlafen. Es gibt kein Foto von Etty, während sie schläft. Ich schaue in ihre schönen Augen. Sie sind grün, ja, grün wie alles, was ich hab.

Es fällt schwer, nicht zu ruckeln. Ich muss an Großmutter denken, an ihren Gesichtsausdruck. Ich spüre, dass ich so hässlich werde wie sie, dass sich meine Lippen anspannen und der Schmerz nach oben in den Kopf krabbelt. Alles spannt sich an. Ich bin aus irgendeinem Metall. Aber der Ellbogen lässt sich noch knicken und die Hand lässt sich bewegen, hin zum Gesicht, das ich mit dem Ärmel abwische. Gleichmäßig atmen! Dann spürt man, wie das Metall schmilzt.

Heides Fenster sind total sauber. Der Rest der Wohnung eher nicht. Überhaupt sieht die Wohnung nicht so aus, als ob es Etty nicht mehr gäbe. Überall schwebt sie herum. Mindestens einhundert Haare würde man von ihr hier noch finden. Die Frage ist nur, wie lange noch.

Als es klingelt, schrecken wir beide hoch, Heide und ich. Vor der Identifizierung hatten wir immer die Hoffnung gehabt, dass es Etty sein könnte, die vor der Tür steht. Dass gar nicht sie, sondern ein anderes Mädchen ermordet worden ist. Aber obwohl wir sie nicht wiedererkannten, als sie steif und reglos auf dem Metalltisch lag, ist das seitdem anders. Das Bild von ihrem zerschundenen Körper sitzt in unseren Augen. Wenn wir sie falsch bewegen oder unbedacht zwinkern, blitzt es unangekündigt auf.

Wir wissen jetzt, dass sie tot ist. Wir erinnern uns an die Striemen an ihrem Hals. Wir wissen, dass es niemanden gibt, der Leichname herrichtet, bevor die Angehörigen kommen, um sie zu identifizieren.

Wir wissen, dass Etty in der Pathologie ist und jetzt nicht vor der Tür stehen kann.

Gehst du?, fragt Heide. Sie hebt ihren Kopf, damit ich aufstehen kann.

Jetzt spüre ich, dass meine Hose nass ist. Heides Tränen fließen durchgehend, egal ob sie schläft oder wach ist.

Vor der Tür steht die Kommissarin.

Ich bringe Ettys Sachen, sagt sie, und die Ergebnisse der Handyauswertung.

Heide richtet sich auf. Sie sieht immer noch aus, als hätte sie die Nacht hinter der Tür verbracht. Ihre Augen stecken in dunklen Höhlen.

Ich nehme der Kommissarin die Tasche ab. Die hatte sich Etty so sehr gewünscht. Goldfarben, mit Geheimfach für was auch immer. Hätte sie doch selbst dort hineingepasst!

Wir haben keine Spuren gefunden, keine Kommunikation mit einem Fremden.

Heide nickt in Richtung Boden. Es wäre schockierend gewesen, wenn Etty mit ihrem Mörder gechattet hätte. Aber welche Informationen gerade gut oder besser sind, weiß niemand eigentlich. Bislang sei nur klar, dass Ettys letzter Kontakt der mit Heide war. Mehr könne sie zu diesem Zeitpunkt leider nicht sagen. Die Kameraaufzeichnungen von den umliegenden U-Bahnhöfen würden noch ausgewertet. Das Handy müsse sie weiterhin behalten. Sie melde sich.

Sie will sich nicht setzen und auch keinen Kaffee. Das war es, was sie zu sagen hatte. Ich begleite sie nach draußen, habe immer noch Ettys goldene Tasche in der Hand, will sie ihr geben, zum Abschied, aber dann fällt mir ein, dass es darin ja nichts mehr zu finden gibt.

Heide und ich wiederholen die Worte der Kommissarin, damit wir sie nicht vergessen. Aber am Ende landen wir doch wieder bei der letzten Chatkonversation. Sie befindet sich spiegelverkehrt auf Heides Handy und jeden Tag liest sie etwas anderes in die Worte hinein. Mal findet sie, dass sie zu nett gewesen sei, dass sie darauf hätte bestehen sollen, dass Etty um zehn nach Hause kommt. Dann wieder, dass sie zu schroff gewesen sei, weil sie sie habe spüren lassen, dass sie Planänderungen nicht mag.

Wenn ich Ettys Worte lese, höre ich ihre Stimme dazu. Das leichte Kratzen, vor allem wenn sie lachte. Wenn sie einen Witz erzählte, wusste ich, dass gleich die Pointe kommt, weil sie durch das Kratzen angekündigt wurde.

Ich höre Etty und ich sehe sie. Ich weiß nicht, wie ich um sie trauern soll, wenn ich sie doch so deutlich spüre. Auf diesem Stuhl hab ich gesessen, mit ihren Füßen auf meinem Schoß. Nicht kitzeln, nur kneten, hat sie gesagt.

Auf diesem Stuhl hat sie gesessen und ihren ersten Schluck Kaffee probiert. Bäh, ist das widerlich! Und so was trinkt ihr freiwillig?, hat sie gesagt.

Auf diesem Stuhl hat sie gesessen und hörte einfach nicht auf zu wachsen. Sie war beinahe so groß wie Sophie und wollte sie unbedingt noch überragen. Überleg dir das gut, hat Sophie gemeint, dann musst du dich ständig klein machen, weil du dich den anderen anpassen willst.

Ich werd mich doch nicht anpassen, hat Etty geantwortet, wenn ich mich anpasse, werd ich ja nicht berühmt!

In diesem Raum hat sie gestanden und uns ihre neuesten Moves vorgetanzt. In diesem Raum hat sie, gebeugt über eine Schüssel, ihren Schnupfen auskuriert. Auf dem Herd stand eine Hühnersuppe, und wenn Etty sie aß, betonte sie, dass sie wieder vegan essen würde, sobald sie gesund wäre.

Sophie kommt später als geplant. Sie sagt, deine Mutter lässt dich lieb grüßen, sie ruft dich morgen wieder an.

Sophie sieht aus wie Etty in groß. Ich denke darüber nach, ob eine äußerliche Ähnlichkeit durch soziale Kontakte entstehen kann. Dass Sophie die eigentliche Mutter von Etty ist, ist ausgeschlossen. Ich war bei der Geburt dabei. Und Sophie war damals nicht schwanger. Sophie hat kein Kind. Dennoch: Sie hat die gleichen Haare wie Etty, eine ähnliche Mimik, den gleichen Gang. Aber auch, dass Sophie in Wirklichkeit Etty ist, ist ausgeschlossen. Es fühlt sich an wie immer wieder aufwachen, mir klar machen, dass niemand Etty ist, dass niemand Etty sein kann.

Ich denke an diesen bekloppten *Ghost*-Film mit Whoopi Goldberg und Patrick Swayze. Wie viele Leute wohl versucht haben, mit Verstorbenen Kontakt aufzunehmen, nachdem sie diesen Film gesehen haben?

Ich will gerade fragen, was wir essen wollen, wahrscheinlich zum zehnten Mal an diesem Tag, da sagt Sophie, draußen stünden schon wieder die Leute von *RTL*.

Vor der Wohnungstür oder vor der Haustür?, frage ich.

Wohnungstür, sagt Sophie. Am besten bleibst du heute Nacht hier.

Ich wollte eigentlich noch spazieren gehen, an die frische Luft, mich irgendwie bewegen. Aber ich hab keine Lust, dass *RTL* mir blöde Fragen stellt, vielleicht sogar vor laufender Kamera, was weiß denn ich. Nichts weiß ich!

Wie geht es der Mutter? Wo war sie zum Zeitpunkt der Tat? Wieso war das vierzehnjährige Mädchen so spät allein unterwegs?

Viel lieber würde ich diesen Käsesender etwas fragen:

Haben Sie selbst ein Kind? Eins, das in der Pubertät ist? Eins, das in der Pubertät ist und in Berlin wohnt? Wenn ja, finden Sie es dann wirklich so unverständlich, dass das vierzehnjährige Kind erst um zweiundzwanzig Uhr dreißig nach Hause ging? Zumal es ein Samstag war, nach einer Party bei Freunden.

Ich würde gern fragen:

Würden Sie es besser finden, ein vierzehnjähriges Kind zuhause einzusperren, mit der Begründung, dass es Ihnen egal ist, dass all seine Freunde fröhlich beisammensitzen dürfen? Denken Sie, das Kind würde das verstehen? Wie stellen Sie sich die Atmosphäre zuhause vor, in der Ihr

Kind am Wochenende einer Einladung von Freunden folgen will, aber Sie bieten ihm stattdessen an, mit ihm zu scrabbeln oder fernzusehen?

Ich würde gern fragen, ob es nicht an der Zeit wäre, sich mit der Frage zu befassen, wie wir die Welt sicherer machen können, anstatt dass wir uns den Gefahren, die sie birgt, widerstandslos hingeben.

Vor allem würde ich gern fragen:

Woher kennen Sie den Namen der Mutter und ihre Adresse? Haben Sie einen Polizisten bestochen, dafür, dass er Sie hierhergeführt hat?

Ach, fuck off! Dann bleib ich halt hier.

Also, was wollen wir essen?

Wir essen Nudeln mit Tomatensauce. Nudeln sind immer irgendwie tröstlich und außerdem Ettys Lieblingsessen. Wir essen, ohne etwas zu schmecken. Niemand sagt, dass es lecker ist. Es ist auch nicht lecker. Nudeln mit Tomatensauce ohne Etty schmecken eigentlich scheußlich.

Sophie erzählt von ihrem Arbeitstag. Zuerst irgendwie vorsichtig, weil sie nicht weiß, ob es uns interessiert. Aber es ist eine willkommene Ablenkung. Nach zehn Minuten ist sie voll im Geschehen und regt sich über eine Kollegin auf. Sie steigert sich hinein, wie ungerecht und scheiße die sei. Man hätte dies und das besprochen und dann halte sie sich nicht daran. Jetzt kippt es irgendwie doch in mir drin. Ich sehe zu Heide, aber die sitzt hinter einem Schleier. Ich weiß nie, ob es ihr zu viel wird und ob sie es genauso albern findet wie ich. Ich erinnere mich daran, dass Heide mir schon mal von einer ähnlichen Situation erzählt hat. Das war, als Sophie noch hinter dem Tresen der Morena-Bar gearbeitet hat. Heide sagte, Sophie sei immer lauter geworden und hätte selbst dann nicht aufgehört, sich über ihren Chef zu echauffieren, als ein Gast sie bat, die Musik lauter zu drehen.

Vielleicht ist es gut, dass Sophie nicht mehr hinter dem Tresen stehen muss, dass sie heute in einer Steuerkanzlei arbeitet. Aber wie es aussieht, hat sie überall scheiß Kollegen. Und wem soll sie es sonst erzählen, wenn nicht uns. Ich frage mich nur, warum sie es jetzt tut. Jetzt und hier.

Andererseits sollte sie vielleicht auch nicht aufhören damit. Es ist so angenehm alltäglich, so langweilig, so egal. Es schiebt die Bilder von Etty weg. Die Bilder und die Fragen. Wie hätten wir mit Etty reden sollen? Anders? Mehr? Warum stand Heide nicht am Fenster, in jener Nacht? Warum hat Heide nicht auf einem Heimweg mit dem Taxi bestanden? Die Fragen lösen immer das gleiche Gefühl aus: Schuld, die wie eine Betonplatte auf uns herunterprescht. Das Schuldgefühl hat etliche Farben. Mal ist es blutrot, mal schwarz, mal grau. Nur pink ist es nie.

Sophie schenkt allen Wein ein. Der Wein ersetzt die Beruhigungsmittel.

Wir reden über die Morena-Bar. Keine Ahnung, wie wir darauf gekommen sind. Zum Glück erinnert sich Sophie nicht an ihre damaligen Kollegen. Sie sagt, dass sie diesen Job geliebt habe. Vor allem, wenn Etty nach der Schule vorbeigekommen sei. Die heiße Schokolade, die sie ihr gemacht habe, hätte immer besonders viel Kakao enthalten.

Hab ich euch schon erzählt, wie viele Tage sogenannten Sonderurlaub man bekommt, wenn ein enger Verwandter stirbt?, fragt Heide.

Ach, sowas gibt es?, antwortet Sophie.

Ja, und der wird sogar bezahlt.

Das klingt beinahe utopisch.

Also, was denkt ihr? Wie lange darf ich – Moment, wie heißt das? Sie blättert in den Zetteln auf dem Tisch.

Wie lange darf ich in so einem Fall *vorübergehend verhindert* sein?

Oh Gott, das klingt nun doch wieder sehr deutsch, sagt Sophie. Keine Ahnung, aber wenn es schon so formuliert ist, tippe ich mal auf zwei Wochen.

Ich hab noch nie was von Sonderurlaub gehört, sage ich, aber ich war ja auch noch nie irgendwo angestellt. Also, wären wir in Norwegen, würde ich auf sechs Monate tippen. Aber hier, was weiß ich, vielleicht einen Monat?

Heide nickt vor sich hin. Sie legt den Zettel zurück auf den Stapel, mit der flachen Hand haut sie noch einmal drauf.

Zwei Tage, sagt sie dann.

Was?, ruft Sophie. Das ist nicht wahr!

Doch, sagt Heide. Am Todestag und am Tag der Beerdigung, *um mich in dieser schwierigen Phase zu unterstützen*, Zitatende.

Wow, sage ich. Ich würde mich so schämen, wenn ich so einen Brief verschicken müsste.

Aber krank sein darfst du noch?, fragt Sophie.

Ja, sagt Heide, auf den Krankenscheinen steht, ich hätte eine akute Belastungsreaktion. Meine Ärztin meinte, dass sie nichts von Trauer draufschreiben dürfe.

Also ist Trauern kein Grund für eine vorübergehende Verhinderung?

Exakt, sagt Heide.

Es liegen noch einige Flaschen Wein im Regal. Wir trinken zweieinhalb und der Abend verschwimmt und wird irgendwann zur Nacht. Sophie legt sich neben Heide ins Bett. Ich nehme das Sofa, das immer noch feucht ist, von Heides Tränen.

Wenn ich die Augen schließe, kommen die Blitze. Die Bilder, die ich gesehen habe, verschwimmen mit denen meiner Vorstellungskraft.

Ettys Mörder trägt ein grünes Basecap und eine zu große Jeans. Ich höre Etty schreien, ich sehe sie kämpfen.

Wieso hat sie es nicht mehr geschafft, die paar Meter bis zur Haustür zu gehen? Hat niemand sie schreien hören? Hat sie gar nicht geschrien?

Ich liege auf dem nassen Sofa, mit puckerndem Schädel, und frage mich, wie das mit dem Schlafen funktioniert.

Eigentlich steht man, während man daliegt, gleichzeitig neben dem Bett. Man sieht sich selbst zu, aus dieser Entfernung, versucht, von innen heraus, den Kopf zu massieren. Man wendet immer wieder die Bilder vor und zurück, wie massive Steine, man kommt nicht zur Ruhe. Aber irgendwann, wenn es hell wird im Zimmer, reibt man sich trotzdem die Augen und kommt aus einer anderen Ebene zurück in die Realität. Man ist wach und einerseits froh, diesem Zustand entronnen zu sein. Andererseits fragt man sich, was jetzt anders ist.

Zeit hat keine Bedeutung mehr. Es könnte Mittwoch, aber auch Sonntag sein. Es könnte morgens, aber auch nachts sein. Mal ist es dunkel, wenn es Tag ist, mal liege ich wach, mal fallen mir die Augen zu. Die sogenannte Zeit tickt an uns vorbei. Wir sind kein Teil der Rechnung mehr. Die Minuten greifen wahllos ineinander, ohne dass es einen Sinn ergäbe. Passend dazu läuft *Jeder Tag ist ein kleines Jahrhundert* als Wiederholungsschleife in meinem Kopf. Wenn ich die Augen aufschlage, ist alles in meinem Blickfeld verschwommen. Ich sehe nichts und kann nichts fühlen, aber eigentlich stimmt wohl das Gegenteil. Nur dass mein Blick nach innen gerichtet ist. Ich bin voll von Etty, voll davon, zu begreifen, dass sie nicht weg ist, sondern nie mehr wiederkommt. Voll von dem Wissen, dass der Unmensch, der ihr das Leben genommen hat, irgendwo da draußen ist. Voll von Heides Fragen, auf die ich keine Antwort weiß. Wieso hat jemand meine Etty ermordet? Wer hat das getan? Wer vergewaltigt ein Kind? Wer ermordet ein Kind? Wie kann man so etwas begreifen, geschweige denn verstehen? Warum haben sie ihn noch immer nicht gefunden? Warum habe ich sie nicht gehört? Wieso habe ich nicht aus dem Fenster gesehen? Und wieso auch niemand sonst? Wie ist sowas möglich, mitten in Berlin? Wie soll es denn jetzt weitergehen? Der Song in meinem Kopf hängt an einer Zeile fest: *Zeit ist nur ein Gummiband, das man zwischen Menschen spannt.*

Wir essen kein Frühstück. Sophie geht zur Arbeit und wir leihen uns den Hund von Michi aus. Michi wohnt unter Heide und klingelt ab und an, wenn er von oben keine Geräusche hört.

Er muss auch zur Arbeit und wir müssen an die frische Luft. *RTL* sitzt nicht mehr vor der Tür. Ich bitte Michi, Bescheid zu sagen, ob auch vor dem Haus die Luft rein ist. Nach einer halben Minute ruft er durch die Gegensprechanlage: Ihr könnt!

Ich hake Heide unter und überlege, wie der Name des Hundes ist. Eigentlich ist es egal, denn er läuft an der Leine, aber irgendwie ist es doch netter, wenn man im Gespräch bleiben kann. Irgendwas mit B, denke ich, aber Blacky war's nicht. Bodo? Bobby?

Heide, wie heißt der Hund nochmal?

Heide schaut zum Hund und dann in mein Gesicht. Ich erschrecke vor dem Ausdruck ihrer heutigen Traurigkeit. Sie scheint sich unter ihrer Haut auszubreiten. Ihre verquollenen Augen liegen in schattigen Löchern, die wer weiß wie tief sind. Sie antwortet mir beinahe schlafwandelnd:

Schneider, so heißt er.

Irgendwas mit B also, denke ich.

Sobald die Haustür offen ist, dreht Heide den Kopf ruckartig weg vom Tatort, weg von diesem Gebüsch, das bis vor wenigen Wochen so harmlos war. Ich vergewissere mich kurz, dass da niemand steht, der eine Kamera in der Hand oder einen Bleistift hinterm Ohr hat.

Ich wette, niemand in dieser Straße könnte sagen, wie die Büsche heißen. Niemand hat sie großartig wahrgenommen. Sie nehmen wenig Platz weg. Das Gebüsch ist eigentlich selten, hier in Berlin. Es scheint nirgendwo dazuzugehören. Es wächst einfach vor sich hin, in dieser Ecke. Es gibt keinen Zaun und keine Häusermauer, niemanden, der sagt: Das gehört zu mir und meinem Grundstück dazu! Niemand schneidet es. Es wächst so hoch, dass es mir über den Kopf reicht. Wahrscheinlich hat sich dieses Gebüsch selbst gepflanzt und trägt nun die Verantwortung für alles, was in ihm geschieht. Noch wird es von Flatterband mit der Aufschrift *Polizei* festgehalten. Ich hoffe, wenn das Band abgeholt wird, fällt es entweder in sich zusammen, oder sie nehmen es gleich mit. Es darf da nicht bleiben. Da muss Licht hinein! Man muss von weitem, von der Seite und von oben sehen können, dass hinter dem Gebüsch eine leere Stelle ist. Man darf keiner weiteren Kreatur die Möglichkeit geben, dieses Gebüsch für ein Verbrechen zu benutzen. Da sollte statt eines Gebüsches eine Laterne stehen!

Wir gehen Richtung Kanal. Schneider zieht extrem an der Leine. Er geht mit uns spazieren, nicht andersherum. Nach wenigen Metern hockt er sich mitten auf den Weg und macht einen Haufen.

Neben uns öffnet sich eine Tür. Ein Typ brüllt raus: Dit macht ihr aber weg, bitte schön!

Ich ziehe eine Tüte aus dem Plastikröllchen, das an der Leine befestigt ist, und entferne den Scheißhaufen. Als ich mich wieder aufrichte, sehe ich, dass der Typ immer noch dasteht.

Nich in mein Eimer, bitte schön!

Ich spüre, wie Heide versteinert, wie ihr Arm immer fester wird. Sie verträgt es nicht, dass jemand uns anspricht. Vor allem nicht so. Ich muss mich beherrschen, dem Typen den Scheißebeutel nicht vor die Füße zu werfen.

Irgendwie brauchen wir zu lange. Er zieht eine Augenbraue hoch und fragt: Wat denn, seid ihr behindat? Vasteht ihr mich nich? Schmeißt die Scheiße nich vor mein Laden, wat anderet will ick ja nich.

Mir liegt so viel auf der Zunge, was ich dem Arschloch gern sagen würde. Aber vielleicht hat er ein Messer in der Tasche, in der seine Hand die ganze Zeit steckt.

Ich ziehe Heide weiter, aber der Hund will nicht mit. Er schnuppert exzessiv an der Hauswand. Plötzlich weiß ich schon wieder nicht, wie er heißt. Irgendwas mit B, denke ich.

Komm jetzt, sage ich und ziehe das arme Tier viel zu grob hinter mir her.

Dieser Kiez ist schon seit Jahren nicht mehr das, was er mal war. Alle sitzen zusammen und dennoch hübsch getrennt voneinander. Die Obdachlosen von den Teens, die Teens von den Altkiffern. Dabei wäre das gar nicht nötig, weil sie sich eh alle den gleichen Scheißschnaps reinzwirbeln. Sie könnten eigentlich zusammen auf *einer* Bank sitzen und aus *einer* Flasche trinken. Das wäre weniger verlogen.

Der Hund zieht nicht mehr. Jetzt, wo er sein Geschäft gemacht hat, läuft er brav bei Fuß.

Wir gehen am Fluss entlang, der früher auch viel

schöner war, als noch keine Fische, mit den Köpfen in Kondomen, neben Joghurtbechern und Coladosen im Wasser trieben.

Die Wege sind voll von Familien. Sie tragen ihre glitzernden Fahrradhelme spazieren und schlecken ihr salziges Pistazieneis. Dabei haben sie diesen schunkelnden Gang, den alle Eltern haben. Sogar ich hatte den, als Etty noch klein war, sobald ich sie in meinen Armen trug. Man wird automatisch zu einer Art von Maschine, wenn man einem Baby näher kommt. Das Baby drückt einen Knopf und schon fängt der Mensch zu schunkeln an, wie eine Jukebox voller Walzerstücke.

Ich weiß nicht, ob ich jemals wieder Pistazieneis essen werde. So viele Sachen gehören eigentlich Etty. Sie hat sich immer so darüber gefreut, dass man meinen konnte, Pistazieneis sei nur für sie erfunden worden.

Zum Glück wechselt die Menschensorte an der Flussbiegung und lässt mich das Pistazieneis vergessen. Jetzt kommen uns Typen auf Fahrrädern entgegen. Sie tragen Anzüge, deren Hosen sie mit einer Wäscheklammer daran hindern, in die schmierige Kette zu rutschen. Auch diese Typen tragen Fahrradhelme. Alle tragen Fahrradhelme! Verrückt, wie viele Menschen sich um ihr Leben sorgen, mithilfe eines Fahrradhelms. Jeder hier scheint an einen Unfall zu denken. Aber nicht an einen Mord.

Als wir im Görlitzer Park sind, will Heide wieder nach Hause. Ich schlage vor, dem Hund noch ein paar Stöckchen zu werfen, damit er mal rennen kann.

Überall stinkt es nach Scheiße. Aus überfüllten Mülltonnen quellen tausende schwarze Kacktüten. Es ist heiß. Wenn die Sonne weiter brennt, schmelzen die Tüten und die ganze Scheiße läuft hier über die Wiesen, die eigentlich gar keine mehr sind. Wir gehen über den ausgetrockneten Boden, ich hebe einen Stock auf, woraufhin der Hund laut zu bellen beginnt. Wenn das meiner wäre, hätte ich ihm das abtrainiert. Es gibt nichts Nervigeres als einen Hund, dem es nicht schnell genug geht. Ich werfe den Stock ein paar Meter nach vorn. Der Hund rennt zwar hinterher, aber als er da ist, wo der Stock liegt, fängt er an zu buddeln. Schneider. Da fällt mir sein Name wieder ein. Alles rutscht hin und her in meinem Kopf.

Weder Heide noch ich haben irgendeine Ahnung von Hunden. Wartet man jetzt, bis er von selber kommt, oder geht man hin? Hätte er den Stock nicht zurückbringen müssen? Verlieren wir für den Nachhauseweg jetzt unsere Autorität dem Hund gegenüber? Muss man das Loch wieder zumachen, wenn er fertig ist? Nicht dass sich da in der Nacht jemand den Fuß verknackst.

Ich bemerke, dass Heide nicht mehr neben mir steht. Ich gehe zu ihr, setze mich neben sie auf die Bank. Es weht eine Haschischfahne zu uns herüber.

Heide atmet tief ein.

Das riecht so gut, sagt sie.

Ich krame nach dem Geldbeutel in meiner Jacke und nicke den beiden auf der Nachbarbank zu.

Kann ich euch was abkaufen?

Wir haben das von dem da drüben, sagt die Eine und zeigt auf einen Typen, der gerade losrennt. Ihm folgen andere Typen, insgesamt bestimmt zehn, die, während sie rennen, *fuck* und *police* und *run, run, run!* rufen.

Ich drehe mich wieder zu den beiden auf der Bank.

Nur einen Fitzel, sage ich.

Sie zupft mir ein Stück ab und reicht es mir.

Lass die Kohle stecken, sagt sie, das passt schon.

Ich bedanke mich und gehe Heide hinterher, der das

Ganze wohl irgendwie peinlich war. Jetzt steht sie direkt vor Schneider und schaut ihm dabei zu, wie er das Loch buddelt.

Ich überlege, wann wir den Joint rauchen sollen. Auf jeden Fall nicht hier, denke ich.

Schneider lässt sich nicht stören. Die Hunde, die vorbeikommen, schnuppern an ihm. Aber er dreht sich nicht um. Er sieht aus wie ein Bauarbeiter, der seine Arbeit beenden muss. Bald steht er in einer richtigen Grube, mit allen vier Pfoten, eine Etage tiefer als wir. Gerade als ich an Ettys Beerdigung denken muss, sehe ich peripher, wie Heide sich Tränen aus den Augen wischt. Ich hake sie wieder unter und stecke das Haschisch in meine Jackentasche.

Schneider will noch nicht gehen. Er beißt in Wurzeln, zieht sie heraus und macht wilde Geräusche dabei. Ich bücke mich zu ihm hinunter und befestige den Karabiner an seinem Halsband.

Wir haben keine Lust mehr, dir beim Erkunden des Erdreichs zuzusehen. Er schaut zu mir hoch und leckt sich aufgeregt die Schnauze. Es klebt Erde an seinen Zähnen, an der Zunge. Jetzt wird er sicher Durst haben.

Wir nehmen ihn mit in Heides Wohnung. Ich stelle ihm eine Auflaufform mit Wasser hin. Er trinkt sie zur Hälfte leer.

Ich weiß echt nicht, wie die sich das vorstellen, sagt Heide, ich werd noch wahnsinnig.

Ich denke auch, dass sie bald wahnsinnig wird. Jeden Tag wirken ihre suchenden Blicke verzweifelter.

Da der Anrufbeantworter nicht blinkt, überprüft sie wie immer, ob das Telefon richtig auf der Ladestation steht. Alle zehn Minuten zieht sie ihr Handy aus der Tasche und schaut nach, ob der Akku geladen und die Lautstärke aufgedreht ist.

Weißt du, sage ich, lass uns doch schonmal überlegen, wie alles ablaufen soll, wenn es so weit ist. Du musst dich so oder so damit beschäftigen, warum dann nicht schon jetzt?

Du meinst die Beisetzung?, fragt sie.

Ja, sage ich.

Sie kommt mir auf jeden Fall nicht in einen Sarg, sagt Heide. Ich will nicht, dass nochmal jemand an den Körper meines Kindes kommt, selbst wenn es nur eklige Würmer sind!

Ich klappe das Laptop auf und zeige ihr zwei Bestattungsinstitute, die ich im Internet gefunden habe. Das eine ist ein bisschen hip. Sie bieten Beisetzungen in Bio-Urnen an. Das andere ist eher ein klassisches Institut, aber mit jüngeren Angestellten, die irgendwie nett aussehen.

Wie kann ich mir so eine Bio-Urne denn vorstellen?, fragt Heide.

Ich scrolle schnell an Begriffen wie Sarg- und Bestattungspflicht vorbei. Aber auf der Seite gibt es keine Urnenbilder. Also google ich nur *Bio-Urnen*. Sie sind aus Sand, Salz, Kork oder Bambus.

Die würden Etty nicht gefallen, sagt Heide. Ich kann ihr nur zustimmen. Sie sehen scheußlich aus. Aber je länger ich scrolle, desto mehr frage ich mich, ob es überhaupt Urnen gibt, die Etty gefallen würden.

Bestimmt hat das Bestattungsinstitut noch schönere Urnen, sage ich und gestehe Heide, dass ich schon ein paar Anrufe gemacht habe und dass sie nächste Woche einen Termin hat, zu dem Sophie sie begleiten wird.

Heide kommt nicht hinterher. Zu viele Informationen auf einmal. Wir könnten so eine trostlose Urne nehmen und sie dann anmalen, was meinst du?, fragt sie.

Ja, das können wir machen, sage ich, das geht bestimmt.

Heide fragt, wie spät es ist.

Vierzehn Uhr dreißig. Warum, hast du noch was vor?

Sie schüttelt den Kopf. Ich wollte nur wissen, ob es schon erlaubt ist, einen Wein aufzumachen, sagt sie.

Auch wenn ich der Meinung bin, dass man jederzeit tun und lassen sollte, wonach einem ist, mache ich mir Sorgen, wenn Heide anfängt, schon tagsüber zu trinken, und dann vielleicht darauf hängen bleibt. Andererseits wirkt Alkohol beruhigend und macht vielleicht nicht so schnell süchtig wie diese krassen Medikamente, die sie verschrieben bekommt.

Mir fällt das Haschisch in meiner Jacke ein.

Ich dreh uns nen Joint, wenn du magst.

Gut, sagt sie, besser als nichts.

Ich öffne die Fenster und zünde die Tüte an. Ich habe wenig Tabak reingemacht, damit es ordentlich ballert. Heide legt den Kopf an die Sofalehne und pustet den Rauch gegen die Zimmerdecke. Ich schaue ihm nach, und als er sich auflöst, sehe ich da oben was kleben. Es sieht aus wie eine Spinne. Aber als ich genauer hinsehe, ist es ein Riss. Ich zeige mit dem Finger darauf. Heide nickt und sagt: Das war Etty. Sie wollte unbedingt den Prosecco zu Silvester aufmachen.

Der Joint scheint schon zu wirken. Wir müssen tatsächlich ein bisschen lachen. Irgendwie steht Etty mit im Zimmer und macht den Prosecco noch einmal auf. Ich sehe sie ganz deutlich. Sie steht da, die Flasche in den Händen, und fuhrwerkt am Korken herum. Dann löst er sich endlich und schießt nach oben. Aber ich kann es nicht hören. Es macht einfach nicht plopp.

Als wir richtig stoned sind, klingelt Heides Telefon. Ach du Scheiße, sagt sie, das ist meine Mutter.

Soll ich rangehen?, frage ich. Aber was würde das ändern.

Hallo Mama, sagt sie.

Ich stehe auf und gehe zum Kühlschrank. Ich hab Bock auf Schokopudding.

Nein, nein, du störst nicht, alles gut, sagt Heide im Hintergrund.

Milch ist da. Jetzt muss ich nur noch den Pudding finden. Ich öffne die Schränke und nehme mir ein Glas. Ich trinke sonst nie Leitungswasser, weil das in Berlin scheiße schmeckt, aber jetzt muss ich schnell den Durst löschen, die Zunge klebt fürchterlich am Gaumen.

Nein, ich bin nicht krank, sagt Heide, ich hab ein Bonbon am Gaumen kleben.

Ich fülle ein zweites Glas und bringe es ihr. Heide trinkt es auf ex.

So, jetzt geht es besser, sagt sie und nickt mir zu.

Was wollte ich nochmal? Ich kann mich nicht erinnern, also schließe ich die Schränke und setze mich an den Küchentisch.

Heute ist es okay, sagt Heide.

Draußen ist ein riesiges Theater im Baum. Lauter Vögel holen oder bringen etwas. Ich sehe ihnen eine Weile zu.

Aber so weit sind wir doch noch nicht, Mama, sagt Heide. Und außerdem würde das Etty nicht gefallen.

Ich bringe ihr noch ein Glas Wasser. Ich höre, wie ihre Zunge wieder klebrig wird.

Doch! Genau darum geht es. Es ist ja leider nicht meine Beerdigung, sondern die von Etty, sagt Heide wütend.

Danach nimmt sie das Wasser und trinkt es wieder in einem Zug aus. Im selben Moment geht die Tür auf und Sophie kommt herein. Sie sieht erschöpft aus. Als sie merkt, dass Heides Mutter am Telefon ist, schaut sie mich fragend an. Aber ich weiß nicht, wie lange sich dieses Gespräch schon hinzieht. Sophie hat irgendeine Verbindung zu Heides Mutter. *Meine zweite Tochter* hat sie sie häufig genannt. Deswegen darf Sophie auch Dinge sagen, die Heide nicht sagen darf. Sophie wartet noch einen Moment, dann nimmt sie Heide den Hörer aus der Hand.

Brigitte, lass uns später reden, okay? Heide soll jetzt mal zur Ruhe kommen, der Tag war lang genug.

Auch wenn sie wohl eher von ihrem Tag spricht – denn unser Tag, na ja, was haben wir groß gemacht –, ist es gut, dass sie es sagt, denn jetzt gibt die Mutter Ruhe. Sie legt auf und ich kann endlich fragen, wo ich den Pudding finde.

Wir essen ihn heiß. Aber er schmeckt nicht. Es liegt an Sophie. Sie sieht mich vorwurfsvoll an. Ihre Augen sind ganz schmal. Immer wieder schaut sie zwischen Heide und mir hin und her, und wenn ihr Blick bei mir hängen bleibt, schüttelt sie den Kopf. Auch wenn ich immer noch grinse und in einer anderen Welt bin, sehe ich das. Ich sehe ihre Wut. Darauf, dass Heide und ich uns abgeschossen haben. Ich bin mir sicher, dass ich von ihrem Gesicht träumen werde.

Heide sagt, dass ihre Mutter einen spießigen Trauerkranz bestellen will, mit so einer hässlichen Schleife.

Sie meint's bestimmt nur gut, sage ich, aber Heide sagt, dass sie ihrer Mutter jedes Mal erklären müsse, wer da gerade gestorben sei. Es geht um ihr Enkelkind und nicht um einen Rentner, der findet, dass weiße Lilien nun mal staatlich anerkannte Trauerblumen sind!

Der Hund fiept unterm Tisch und stupst mit der Schnauze gegen mein Bein. Den habe ich ganz vergessen. Ich schaue in die Auflaufform. Kein bisschen Wasser ist mehr darin. Ich gehe runter zu Michi, der sogar zuhause ist, und sage, dass Schneider mal pinkeln müsse. Jetzt sieht Michi mich vorwurfsvoll an. Er hatte wohl gehofft, dass wir uns die ganze Woche um seinen Hund kümmern würden.

Ich presse Heide an mich, denke darüber nach, wie ich sie an mich tackern könnte, aber schon auf der Treppe merke ich, dass ich sie verloren habe, dass ich ohne sie nach unten gehe. Als ich auf der Straße stehe, bin ich wieder leer. Und allein.

Ich laufe meinem neuen Fernseher entgegen. Mit der neuen Wohnung habe ich mir meinen ersten Fernseher angeschafft. Heute wird seine Premiere sein. Ich will nichts weiter tun als Pudding essen und fernsehen.

Ich kaufe Pudding und zwei Tüten Flips. Das sollte reichen. Ich werde *nicht* von Sophies vorwurfsvollem Gesicht träumen! Ich werde die ganze Nacht fernsehen und essen und hoffen, dass sie nicht blöd zu Heide ist.

Wegen *eines* kleinen Joints! Manche Menschen sind, egal in welcher Situation, nicht gut auf Drogen zu sprechen. Jetzt merke ich, wie in mir die Wut aufsteigt. Kann Sophie ihre Empörung nicht in eine andere Richtung lenken? Auf Verbrecher, Politiker, die Polizei, die nicht herausfindet, wer der Mörder von Etty ist?

Möglicherweise läuft er gerade vor mir. Vielleicht sitzt er in dem Auto, das an mir vorüberfährt, und denkt darüber nach, an der nächsten roten Ampel Gas zu geben.

Wie viele Mörder gibt es in Berlin? Wird gerade in diesem Moment, in dem ich an der Falckensteinstraße 13 vorbeilaufe, in der Falckensteinstraße 13 die nächste Frau umgebracht?

Ich drehe mich nicht um. Ich gehe nach Hause zu meinem Fernsehapparat.

Die Wohnung sieht aus wie immer. Überall diese Kisten.
Ich drapiere alles auf dem Sofatisch und hole mir einen Löffel und einen Teller. Leider gab es nur den Pudding mit Sahne obendrauf. Die hat mir noch nie geschmeckt. Ich löffle sie auf den Teller, bis es aussieht wie die Alpen, und drücke den Powerknopf auf der Fernbedienung.

Im ersten Kanal wird gerade jemand erstochen. Im zweiten Kanal gibt schon die Musik zu verstehen, dass es gleich gruselig wird. Im dritten Kanal schreit ein Kind nach seiner Mama. Im vierten Kanal wird nach einer Leiche gesucht. Im fünften Kanal ist Krieg. Im sechsten Kanal liegen sich zwei Menschen weinend in den Armen. Im siebten Kanal wird eine Frau vergewaltigt. Im achten Kanal wird etwas gekocht.

Mein Puls ist am Anschlag. Ich atme mehrmals tief ein und aus, sehe wieder Etty vor mir, wie sie versucht, ihrem Mörder zu entkommen. Sehe, wie sie rennt und rennt. Und ich sehe den Mörder, der sie am Fuß festhält, sie zu sich zieht. Ich sehe ein Messer aufblitzen. Aber da fällt mir ein, dass er sie ja gar nicht erstochen, sondern erwürgt hat. Ich stelle den Pudding zurück auf den Tisch. Ich kann nicht mehr.

Dann schlagen Sie die Masse kräftig mit dem Schneebesen, schauen Sie, so, sagt der Typ, der an der Rührschüssel steht. Die Frau daneben hat ein Ei in der Hand.

Ich werde die Fernbedienung nie mehr berühren. Sie bleibt da liegen, bis ich achtzig Jahre alt bin.

Als ich aufwache, sieht es aus, als rührten sie immer noch in derselben Schüssel. Ich schalte den Fernseher aus. Der Spiegel sagt mir, dass es noch eine Weile dauern wird, bis mein Körper wieder mir gehört.

Ich mache mir einen Kaffee und lege mich zurück aufs Sofa, nehme das Handy und klicke auf *Aktuelle Polizeimeldungen*. Ich hoffe, dass Heide diese Seite nicht kennt. Ich hoffe, dass Heide nicht googelt.

Bevor Etty ermordet wurde, waren die Schreckensmeldungen, die ich konsumiert habe, in der Presse gut portioniert. Gerade so aushaltbar. Aber seitdem ich diese Website kenne, weiß ich, dass ich gar nichts weiß. *Fahrradfahrer überfahren, Messerangriff, rassistische Beleidigung, Körperverletzung, Raub mit Schusswaffe, Vergewaltigung* ... Und alle paar Minuten wird das nächste Verbrechen hinzugefügt. Nur nicht das, wonach ich suche: eine Spur von Ettys Mörder.

Plötzlich steht *Lara* auf dem Display.

Ich gehe ran und versuche so wach wie möglich zu klingen.

Hey, sag mal, was ist denn los mit dir? Ich hab dich heute schon zwei Mal versucht zu erreichen. Bist du krank oder was?

Ach, wie gerne würde ich einfach ja sagen. Ja, Lara. Ich bin krank. Krank vor Schmerzen, die mein Herz kaputt machen. Es tut wahnsinnig weh in der Brust. Und dann brennt der Kopf die ganze Zeit, weil ich so viel weine. Ich bin ein ziemliches Wrack.

Aber ich sage es nicht. Ich bin auf Lara angewiesen. Auf ihre Firma, die mich anruft, wenn sie etwas braucht, was die Welt nicht braucht. Aber ich brauche es, weil es mein Konto füttert.

Ja, sorry, ich hatte das Handy auf lautlos und vergessen, es wieder anzustellen. Was gibt's denn?

Kannst du nach Brandenburg fahren? Ich hab gerade gecheckt, dass ein *Sixt*-Auto direkt bei dir vor dem Haus steht.

Was, jetzt gleich?

Ja, ich weiß, das ist jetzt sehr spontan, aber der Typ ist super. Passt, glaube ich, perfekt in die Sendung. Aber er fährt morgen in den Urlaub, und wenn er wiederkommt, sind wir schon durch mit den Castings.

Von einem Bauern, der in den Urlaub fährt, hab ich noch nie gehört. Aber das will ich Lara jetzt nicht sagen. Sie klingt so energisch. Doch gerade weil sie so klingt, kommt mir die ganze Sache komisch vor.

Hat der sich regulär beworben?, frage ich.

Na ja, er ist ein Freund von Siggi.

Siggi Siggi? Aus der Redaktion?

Ja, sagt Lara.

Und warum fährt Siggi dann nicht nach Brandenburg?

Na weil's hier gerade auch genug zu tun gibt. Meine Güte, was denn jetzt? Machst du's oder machst du's nicht?

Ich mach's nicht, denke ich. Natürlich mach ich es, sage ich.

Gut, ich schick dir alles per Mail. Bis später dann!

Ja, bis später.

Ich gucke aus dem Fenster. Da steht tatsächlich ein *Sixt*. Schräge Welt! In ein paar Jahren kann Lara bestimmt in mein Fenster schauen und sehen, dass ich auf dem Sofa liege, wenn sie mich anruft. Und dass ich noch immer keine einzige Kiste ausgepackt habe.

Ich putze die Zähne, wasche mir die Achseln, gehe aufs Klo und rufe Heide an.

Du, ich hab grad nen Job reingekriegt. Kannst du bitte Sophie anrufen, dass sie heute Homeoffice machen und zu dir kommen soll?

Ach, ich komm schon klar, sagt Heide.

Ich sage, dass ich es leider sehr eilig hätte und Sophie jetzt selbst anrufen würde.

Hab dich lieb, sage ich, um nicht total unterkühlt zu klingen, und lege auf, als Heide gerade zustimmend brummt.

Mit dem Handy zwischen Schulter und Wange ziehe ich mir die Hose an. Das sieht in den Filmen immer so sportlich aus, aber eigentlich ist es gar nicht machbar.

Sophie?, sage ich und schmeiße das Handy aufs Bett. Ihre Stimme ist auch so zu hören.

Ja?, antwortet sie.

Kannst du bitte zu Heide gehen? Ich muss jetzt in die Walachei fahren.

Bauer sucht Frau?, fragt Sophie.

Exakt.

Okay, alles klar, ich mach mich gleich auf den Weg.
Danke, sage ich, bist ein Schatz.

Die Arbeitsausrüstung die Treppe hinunterzutragen, befördert mich in Sekunden weit weg von meiner Seele. Jetzt bin ich ein Apparat, der das Mahlwerk der Gesellschaft mit am Leben erhält. Ein Apparat, der nicht kaputt ist, der sich einreiht in die Schlange aller anderen Apparate, die dafür sorgen, dass das System bestehen bleibt.

Ich gebe die Adresse ins Navigationsgerät ein und starte den Motor. Es fühlt sich beinahe sicher an, in dieser rollenden Schachtel durch die gefährliche Stadt zu fahren. Aber im Radio kommt schon die erste Falschfahrermeldung.
Ich muss an Großmutter denken.
Was willst du nur in Berlin, mein Kind. So viele Menschen! So viele Verrückte.
Wie sollte ich ihr das erklären? Vielleicht bin ich ja selbst verrückt. Eigentlich hasse ich Berlin. Es gibt keine beschissenere Stadt. Aber vielleicht tut mir gerade das so gut. Vielleicht tut es mir gut, jeden Tag, wenn ich das Haus verlasse, der Wahrheit ins Gesicht sehen zu können, die Berlin so grausam widerspiegelt. Wie schön die Idee ist, von Freiheit, Party, Kunst und wildem Leben. Wo es egal ist, ob die Leute im Bademantel oder im Anzug das Haus verlassen, wo jeder Mensch sein kann, wer und wie er will. Wie hässlich ist aber die Realität. Die Leute im Bademantel sind entweder stoned oder arm und die im Anzug das Gegenteil. Niemand nimmt die anderen wahr. Und wenn, dann mit Befremden. Man bedroht sich mit Worten und Messern. Man lässt andere vor Bankautomaten und auf Parkbänken liegen, weil man davon ausgeht, sie hätten einen im Tee. Man erdrängelt sich seinen Platz im Supermarkt oder am Pfandflaschenautomat. Und wenn ein alter

Mensch kommt, ist man nicht zuvorkommend, sondern genervt. Die Realität sieht man nirgendwo besser als hier. Für mich als Realisatorin ist das sicher von Bedeutung.

Realisatorin?, hat Großmutter damals gesagt. Davon hab ich ja noch nie gehört, was soll das sein?

Sowas wie eine Regisseurin, hab ich erwidert.

Sowas wie?, meinte Großmutter. Aber warum heißt das dann nicht einfach so? Oder ist der Unterschied so enorm? Ich meine, Regisseure realisieren doch auch irgendwas.

Ja, aber die realisieren Fiktion. Ich realisiere Reelles, verstehst du? Daher kommt der Begriff eigentlich.

Ich weiß noch, wie Großmutter minutenlang das Wort Realisatorin vor sich hingemurmelt hat. Ich dachte, sie würde nie mehr aufhören damit.

Aber dann sagte sie: Also, wenn mich jemand fragt, was du da machst in Berlin, werde ich sagen, dass du Regisseurin bist. Das versteht man wenigstens. Realisatorin! Das ist doch eine blöde Berufsbezeichnung. Ich meine, jeder Mensch realisiert doch was Reelles, und zwar den ganzen Tag lang. Man realisiert Reelles, so ist das nun mal im Leben.

Wie recht sie hat! Auf so vielen Ebenen.

An der Ampel steht ein Mann mit nacktem Oberkörper und einer Hose, die in Fetzen an ihm herunterhängt. Seine Beine sind eigentlich genauso nackt wie seine Brust. Er hält einen Pappbecher, in den er konzentriert schaut. Seine Ampel ist grün, aber er steht da und schaut in den Becher.

Hinter ihm läuft ein Typ mit einem Kinderwagen vorbei. Und hinter dem Typ mit dem Kinderwagen geht ein Kind, das genauso konzentriert in seine Hände schaut wie der Mann an der Ampel in seinen Becher. Der Typ mit dem Kinderwagen dreht sich um, wartet, bis das trödelnde Kind auf seiner Höhe ist, und verpasst ihm eine auf den

Hinterkopf. Synchron klappen unsere Münder auf. Der des Kindes und meiner. Jetzt hupt es hinter mir. Der Typ und das Kind zucken zusammen und schauen erschrocken herüber. Er wuschelt dem Kind verlegen durchs Haar, beugt sich zu ihm hinunter. Aber es hupt schon wieder, hört nicht auf zu hupen, bis sowohl der Typ als auch ich verstehen, dass das Hupen gar nicht ihm gilt. Hinter mir scheint es jemand wichtiger zu finden, dass die Ampel, vor der ich stehe, jetzt grün ist, während jemand, für alle sichtbar, ein Kind schlägt. Ich lasse das Fenster runter und schreie: Machen Sie das nie wieder! Schlagen Sie nie wieder ein Kind!

Der Typ starrt mich an. Für einen Moment denke ich, dass er gleich zu mir herüberkommt. Aber dann nickt er einfach. Er nickt mir zu, legt den Arm auf die Schulter des Kindes und sie gehen zusammen weiter.

Ich kann nicht fassen, dass es so einfach ist. Ich bin begeistert und absolut sicher, dass er auf mich hören wird. Zur Not wird das Kind ihn, wenn es wieder trödelt, an diese Situation erinnern.

Ich schaue auf die Ampel. Jetzt ist sie gelb. Ich gebe Gas, schaffe es gerade noch über die Linie, bevor sie auf Rot springt. Aber ich bin die Einzige. Hinter mir bleiben alle stehen. Ich sehe ihre Wut an meiner Heckscheibe kleben. Ihre Wut über zwei verschwendete Minuten ihrer Lebenszeit.

Für den Rest der Fahrt schalte ich das Radio aus, höre nur noch den Geräuschen des Autos zu und der Stimme des Navigationsgerätes.

Ich weiß nicht, ob es am Regen liegt, dass plötzlich alles vor meinen Augen verschwimmt. War der Typ, der das

Kind geschlagen hat, nicht eigentlich eine Frau? Hat er oder sie tatsächlich genickt? Plötzlich zweifle ich daran, dass sich alles so zugetragen hat. Vor allem daran, dass ich das Fenster heruntergelassen und dieser Person etwas zugerufen habe. Nur an dem Schlag auf den Hinterkopf zweifle ich nicht. Der ist mit hundertprozentiger Sicherheit passiert.

Der Wagen gleitet weiter. Ganz ohne mein Zutun, so kommt es mir vor. Ich folge der Stimme, die mir Anweisungen gibt.

Ich biege ab, wenn das Gerät es sagt, und vor den Autoscheiben wird es grüner und grüner. Ich fahre durch Baumalleen, durch winzige Dörfer mit Gasthäusern und Schulen, an denen Bilder von Pittiplatsch und Schnatterinchen hängen, als wäre es noch 1984.

Das Kopfsteinpflaster wechselt sich mit unbefestigten Sandwegen ab, Schlaglöcher mit herausragenden Baumwurzeln am Straßenrand. Und plötzlich sagt die Stimme: Sie haben Ihr Ziel erreicht.

Ich befinde mich auf einem Acker. Der Weg, der mich hierhergeführt hat, endet exakt da, wo ich jetzt stehe. Ich sehe eine Schubkarre, einen Traktor, ein Haus. Eigentlich ein schönes Bild, finde ich. Wenn ich nicht den Schatten hinter dem Fenster wahrnehmen würde, der dafür sorgt, dass die Gardine sich bewegt. Aber weiter passiert nichts. Niemand öffnet die Tür, weil er zuerst das herannahende Auto gehört und jetzt mich darin sitzen gesehen hat.

Ich mache mir klar, dass ich beruflich hier bin. Und dass mir in den zehn Jahren, die ich diesen Job schon mache, zwar immer etwas Schräges, aber noch nie etwas Gruseliges passiert ist. Ich krame meine Sachen zusammen und steige aus. Ich öffne den Kofferraum, hänge mir die Kameratasche über die eine Schulter, die Tontasche über die andere, greife nach dem Stativ, werfe die Klappe zu und bemerke zwischen meinen Füßen ein kleines Geschöpf, das zu schnurren beginnt.

Na toll, jetzt, wo ich alle Hände voll habe. So kann ich dich doch nicht streicheln. Komm mal mit zur Tür!

Ich setze vorsichtig einen Fuß vor den anderen, um das kleine Ding nicht zu verletzen. Es ist ein Babykätzchen, weshalb es mich wundert, dass es ganz allein unterwegs ist.

Vor der Tür stelle ich die Sachen ab und beuge mich hinunter, um es hochzuheben. In dem Moment öffnet sich die Tür und der Schatten, der eben noch die Gardine bewegte, hat jetzt ein Gesicht.

Hallo, ich bin Olaf, sagt er. Die Katze kannst du draußen lassen, die kommt schon klar.

Ist das deine Katze?, frage ich.

Nee, keine Ahnung, wo die herkommt, antwortet er.

Ja, so sind sie, die Leute vom Land. Und ich kann es ihnen nicht verübeln. Immerhin weiß Olaf besser, dass er, wenn er *eine* Katze füttert, bald *hundert* Katzen wird füttern müssen. Aber ich frage ihn trotzdem, ob er weiß, was mit diesem Kätzchen hier ist. Hat es eine Mutter? So mager und verklebt, wie es aussieht, wirkt es auf mich ziemlich hilfebedürftig.

Wer ist das nicht, sagt Olaf.

Stimmt, sage ich, du brauchst ja auch jemanden.

Damit habe ich ihn anscheinend zum Nachdenken gebracht. Jetzt ist er still.

Gib mal her, sagt er nun, nimmt mir die Katze aus der Hand und trägt sie ins Haus.

Ich kann nur hoffen, dass sie es draußen nicht weitererzählt, sagt er, während er ihr Milch in eine Schale gießt.

Mir liegt ein *Danke* auf den Lippen, aber ich verkneife es mir.

Gut, dass die Kamera noch nicht lief, sage ich stattdessen.

Warum?, fragt Olaf.

Na ja, die meisten Frauen, die einen Bauern kennenlernen wollen, sind tierliebe Menschen.

Er brummt, während er pflichtbewusst das Kätzchen streichelt und mich dabei ansieht, als wäre ich die Frau, die er beeindrucken müsste.

Also, ich baue dann mal auf, sage ich. Das Licht ist gerade ganz gut, deswegen würde ich gern draußen anfangen und danach machen wir noch ein kleines Interview hier drinnen.

Mit der Katze?, fragt Olaf.

Ich weiß nicht, was ich darauf antworten soll. Früher haben diese Typen in solchen Momenten immer mein Mitleid erregt. Aber jetzt, stelle ich fest, passiert nichts dergleichen.

Ich sage: Wenn du das willst, dann mit der Katze, ja.

Er streichelt sie weiter, während sie die Milch austrinkt. Als die Schale leer ist, hat sie ein dick gewölbtes Bäuchlein.

Ich packe das Mikrofon aus und bitte Olaf, das Kabel unter seinem T-Shirt durchzuziehen. Als ich ihm den Clip am Kragen befestige und merke, wie steif und gleichzeitig zittrig er dabei ist, versuche ich, die Stimmung ein bisschen aufzulockern.

Schön hast du's hier, sage ich. Erzähl mal ein bisschen, was du so machst. Hast du Tiere? Oder baust du etwas an? Was möchtest du gern zeigen in diesem Casting-Video?

Na ja, sagt Olaf, immer noch verunsichert. Ich habe eigentlich gar keine Tiere. Ich bin Getreidebauer. Wir können ein paar meiner Maschinen zeigen und die Scheune und so.

Na, das ist doch super, sage ich, als würde ich mich mit einem Kind unterhalten. Aber irgendwie kann ich es nicht ändern, solange *er* seine Rolle nicht verlässt.

Ich checke den Stand der Akkus, klappe das Stativ auf, befestige die Kamera darauf und gebe den Startschuss.

Bereit?, frage ich.

Ähm, ja, sagt Olaf. Aber was machen wir jetzt mit der Katze?

Oh Mann, was hab ich da nur angerichtet!

Wie gesagt, antworte ich, es ist deine Entscheidung. Ich habe nur zu bedenken gegeben, dass sie Hunger haben könnte. Ob du jetzt ein Getreidebauer mit oder ohne Katze sein willst, liegt ganz bei dir.

Na ja, sagt Olaf, ich meine ja nur, weil du gesagt hast, dass alle Frauen tierlieb sind.

Nee, das hab ich nicht gesagt!, gebe ich entschieden zurück. Ich hab nur gesagt, dass so gut wie alle Frauen, die sich für diese Sendung bewerben, einiges für Tiere übrighaben.

Na siehst du!, sagt Olaf.

Was sehe ich?

Da würde mir die Katze doch helfen.

Eine Frau kennenzulernen?

Ja, sagt er.

Das glaube ich nicht, sage ich.

Meine Güte, ich versteh dich einfach nicht. Erst soll ich der Katze helfen, weil jede Frau das gut finden würde, und dann sagst du, dass mir die Katze nicht helfen würde, eine Frau kennenzulernen.

Man benutzt keine anderen Wesen für die Suche nach dem eigenen Glück. Du willst doch als der, der du bist, eine Frau finden, oder nicht?

Ja, natürlich, sagt er.

Siehst du.

Aber wenn ich auf deinen Rat höre, bin ich dann nicht mehr ich, oder wie?, fragt er.

Ach Mensch, Olaf, sage ich, warum hast du denn bislang keine Tiere?

Keine Ahnung, sagt er, hat sich einfach nicht ergeben.

Hat sich nicht ergeben?, frage ich und kann mir ein Grinsen nicht verkneifen. Gerade als ich kam, hätte es sich doch ergeben können, aber du wolltest es nicht.

Ja, weil ich dachte, dass wir jetzt was Wichtigeres zu tun hätten, antwortet er.

Es ist sinnlos. Er kann mich zwar nicht verstehen. Trotzdem sage ich es.

Du bist einfach nicht tierlieb, Olaf. Das hat man an dieser Situation gesehen. Aber ich bin weder hier, um mit dir über deine vorhandene oder nicht vorhandene Tierliebe zu reden, noch um dir irgendetwas vorzuschreiben. Was du jetzt mit der Katze machst, ist deine Entscheidung.

Aber du hast sie mir doch aufgeschwatzt!, antwortet er.

Ich habe langsam Bedenken, ob ich meinen Job noch erledigt bekomme, wenn ich jetzt nicht einlenke und Olaf das Gefühl gebe, dass er ein ganz okayer Tierhasser ist.

Also, Olaf, es tut mir leid, dass die Katze ausgerechnet vor deiner Tür stand, als ich gekommen bin, und wir nun in dieses Grundsatzgespräch über Tierliebe geraten sind. Du lebst hier, das ist dein Haus, dein Hof und alle Entscheidungen, wer hier reindarf oder was zu essen kriegt, liegen nach wie vor bei dir. Ich wollte nicht der blöde Berliner Besuch sein, der einem Landwirt erklärt, wie er sich anderen Lebewesen gegenüber zu verhalten hat.

Olaf schweigt.

Das Kätzchen sitzt mittlerweile auf dem Boden und putzt sich. Ich habe Angst, dass es gleich eine Pfütze macht und dann der nächste Streit losgeht.

Ich höre Olaf schnaufen, dann sagt er: Entschuldigung angenommen.

Auch wenn es mich ärgert, weil ich mich gar nicht entschuldigt habe und auch nicht will, dass es wie eine Entschuldigung klingt, versuche ich jetzt einfach froh zu sein, dass die Wogen geglättet sind, damit wir endlich anfangen können.

Wir gehen nach draußen. Er will mir erstmal alles zeigen, aber ich drücke auf Record und laufe ihm einfach hinterher.

Er richtet den ausgestreckten Arm auf seine Scheune, auf seine Felder, auf seine Maschinen. Ich lasse ihn zwei Mal in seinen Mähdrescher ein- und wieder aussteigen. Dann bitte ich ihn, in den Traktor zu klettern, den Motor zu starten und eine Runde zu drehen.

Ich filme, wie er wegfährt, ich filme die Spuren, die die Reifen auf dem Feld hinterlassen, und ich filme, wie er wieder zurückkommt. Wie er aus dem Fahrerhaus klettert und auf mich zugelaufen kommt. Und siehe da – jetzt läuft die Katze ins Bild. Wie ein Hund dackelt sie ganz selbstverständlich neben ihm her. Ich muss daran denken, dass Katzen sich gerne Menschen aussuchen, die eher kühl zu ihnen sind. Warum auch immer sie das machen, es scheint zu funktionieren. Als Olaf sie bemerkt, schaut er zu ihr runter und mir fällt auf, dass er jetzt das erste Mal lächelt.

Ich gebe ihm ein Zeichen, dass er an mir vorbeigehen soll, und lasse die beiden in aller Eintracht aus dem Bild laufen.

Wow!, sage ich. Das war ja superschön, um nicht zu sagen, perfekt! So nehmen wir das.

Heißt das, ich komme in die Sendung?, fragt Olaf.

Das entscheide leider nicht ich. Aber was ich dir sagen kann, ist, dass du eine der schönsten Casting-Video-Szenen hast.

Er grinst.

Hilft die Katze also doch, murmelt er.

Auch ins Haus folgt die Katze ihm. Selbst wenn Olaf noch nicht sicher sein sollte – die Katze hat sich bereits für ihn entschieden.

Als ich sehe, wie selbstverständlich er sich das Tier auf den Schoß setzt und fragt, ob wir das Interview in der Küche machen wollen, löst sich ein Klumpen in mir. Olaf sitzt da, die winzige Katze auf seinem Schoß, und wenn er sie streichelt, verschwindet ihr ganzer Körper hinter seiner riesigen Hand. Ihr Schnurren ist in meinem Kopfhörer lauter als Olafs Atem.

Ich baue die Kamera so auf, dass die Katze mit im Bild ist, packe die Fragen aus und beginne.

Seit wann lebst du hier? Wie sieht dein Tagesablauf aus? Seit wann bist du Single? Wie sollte deine Traumfrau sein? Olaf wirkt tiefenentspannt. Wie ein Automat streichelt er das Tier und beantwortet die Fragen.

Vermutlich werden sich etliche Frauen insgeheim in die Katze statt in ihn verlieben, aber wer weiß, was die Katze bis dahin aus ihm gemacht hat.

Ich überlege, zum Schluss noch auf seine Tierliebe einzugehen, weil ich glaube, dass Lara das gefallen würde, aber ich habe keine Lust, den Frieden zwischen uns noch einmal zu gefährden.

Zum Abschied wünsche ich ihm viel Glück, so wie allen Kandidaten. Ich sehe, wie er sich seine letzte Frage verkneift, weil ihm wieder einzufallen scheint, dass ich sie ihm sowieso nicht beantworten kann.

Lara wird sich bei dir melden, sage ich und steige ins Auto.

Erst als ich wieder auf der Autobahn bin, fällt mir ein, dass Olaf ja morgen in den Urlaub fahren will. Was wird dann aus dem Kätzchen? Ich nehme mir vor, mich nie wieder einzumischen, wenn es um fremde Tiere geht. Ich will nicht auch noch von ihnen träumen.

Ich reihe mich auf der rechten Spur hinter einem LKW ein, zünde mir eine Zigarette an und wähle Großmutters Nummer.

Hallo, mein Engel, sagt sie, als sie meine Stimme erkennt.

Sie klingt so gesund. So, als wäre sie gar nicht alt. So, als könnten wir bald mal wieder ins Theater gehen.

Mir wird ganz warm. Großmutters Stimme ist wie Großmutters Zuhausegeruch. Ich kann sein, wo ich will. Wenn sie mit mir redet, sitze ich mit einem Mal auf ihrem Schoß.

Sie fragt, wie es mir gehe.

Ich erzähle ihr von Olaf und dem Kätzchen.

Sie erzählt mir von ihrer Vergesslichkeit.

Was hast du denn vergessen?, frage ich.

Ob du kommen wirst, sagt sie.

Aber daran kann ich mich auch nicht erinnern. Haben wir darüber schon gesprochen?

Möchtest du denn, dass ich komme?, frage ich.

Ich freue mich immer, wenn du kommst, sagt sie, aber nur wenn es dir passt, mein Kind.

Was soll ich dir mitbringen? Eine Limo? Oder vielleicht einen Kuchen?

Ich weiß, dass Großmutter den Kuchen aus dem Glas liebt, den man für zwanzig Minuten in den Ofen stellen muss, bevor man ihn isst. Es steht *Berlin-Kuchen* drauf. Sie freut sich immer darüber, weil sie dann das Gefühl hat, unterwegs gewesen zu sein. Sie denkt, es sei ein spezielles Berlinrezept. Dabei ist es ein stinknormaler Schokoladenkuchen.

Ach, mach dir keine Umstände, meine Liebe. Nur wenn du sowieso an dem Bäcker vorbeikommst.

Es ist gar kein Bäcker, sondern *Olivia*, eine Confiserie in der Wühlischstraße. Großmutter würde wahrscheinlich gar nicht hineingehen, weil der Laden so hip aussieht. Zwei Euro für'n Stück Schokolade?, würde sie sagen. Aber schmecken würde sie ihr trotzdem.

Also dann, bis übermorgen!

Ja, bis übermorgen, sage ich und befürchte, dass sie mich morgen anrufen wird, um zu fragen, wo ich bleibe.

In Friedrichshain tue ich so, als ob es hier keine Verbrecher gäbe. Immerhin ist es ein Stadtteil, der nichts mit Etty zu tun hat.

Ich kaufe den *Berlin-Kuchen* und Nougat. Großmutter wird ihn auf der Zunge zergehen lassen und das gleiche Geräusch machen wie früher, als sie wollte, dass ich ihren Rosenkohl probiere.

Die Verkäuferin lächelt die ganze Zeit. Es tut gut, sie anzusehen. Am liebsten würde ich hierbleiben, aber jetzt hab ich schon bezahlt und keine Idee, wie ich den Weg nach draußen noch verzögern könnte.

Obwohl ich zu Großmutter fahren werde, bezweifle ich, dass es schön wird. Nichts ist mehr schön. Und die Dinge, die zu tun sind, erfordern drei Mal mehr Kraft als sonst. Allein diese Tür zu öffnen und den Laden zu verlassen, obwohl ich noch bleiben will, bei der lächelnden Verkäuferin – es fühlt sich an, als würde ich über mein Leben hinwegsteigen. Aber was soll Heide erst sagen!

Draußen laufen drei Mädchen vorbei. Sie unterhalten sich über irgendein Spray, das ihre Haare besser aussehen lässt. Die eine habe recht gehabt – seit die andere es benutze, fielen ihre Haare wirklich viel besser.

So viele Tränen weine ich um Etty. Um Dinge, die sie nicht mehr sagen darf.

In der Gabriel-Max-Straße ist es so voll wie in Tokio. Die Gesprächsfetzen, die ich wahrnehme, handeln genau davon. Wie voll die Stadt ist. Viel zu viele Menschen. Viel zu viele Autos. Viel zu viel Gedränge.

Ich sehe zu, wie ein Autofahrer ganz dicht hinter einem Radfahrer fährt und immer wieder auf die Hupe drückt. Er lässt den Motor aufheulen und dann das Fenster runter und brüllt ihn an. Ob es denn noch langsamer ginge. Der Radfahrer dreht sich um, kommt dabei ins Schlingern, kann sich aber halten, fährt geradeaus weiter, bis er rechts halten kann, um den Deppen in seinem Auto vorbeizulassen. Er hebt seine Hand, mit ausgestrecktem Mittelfinger, und der Depp im Auto gibt Vollgas. Er fährt so nah an dem Radfahrer vorbei, dass er nun wirklich das Gleichgewicht verliert und mitsamt seinem Rad zu Boden fällt. Die Leute laufen weiter. Erst als der Radfahrer wieder steht, fragt jemand, der näher dran ist als ich, ob alles okay sei. Obwohl ich sein Zittern bis hierher sehen kann, nickt er, steigt wieder auf und fährt weiter.

Jetzt will ich doch schnell zurück nach Kreuzberg. Auch wenn ich weiß, dass Berlin eben Berlin ist. Ich werde Heide fragen, ob wir woanders hinziehen wollen.

Der Tag klebt mir im Nacken wie eine alte Geschichte, die ich unfreiwillig spazieren führe. Ich frage mich, wie meine Tage aussehen würden, wenn ich die freie Wahl hätte.

Wir haben immer die Wahl, hat Sophie mal gesagt. Du kannst jeden Tag neu wählen, das darfst du nicht vergessen.

Ich verstehe Sophie manchmal nicht. Kann sie wählen, ob und wie oft und wie viel sie an Etty denken will?

Wird unser Leben jemals wieder einen Sinn ergeben? Ich bin doch auch für Etty arbeiten gegangen. Für die coolen T-Shirts und Basecaps, die ich ihr kaufen konnte, für das Bafög, das sie eines Tages bekommen hätte, für die Spenden an Greenpeace, die Ettys Zukunft sichern sollten.

Aber für wen arbeite ich jetzt?

Wenn wir weiter arbeiten gehen, hat Sophie gesagt, ist das gewissermaßen auch ein Schlag ins Gesicht des Täters.

Jedes Mal, wenn ich sie fragen will, wie sie diesen Satz gemeint hat, passt es gerade nicht. Immer sitzt Heide dazwischen und wir bilden einen Kreis, dessen Mitte ein Loch ist, das den Namen Etty trägt. Und jeder Gedanke, der sich auf den Rand des Loches zubewegt, wird mit der Kraft einer tonnenschweren Traurigkeit nach unten gesogen.

Selbst das Treppensteigen fühlt sich an, wie in dieses Loch zu gehen. Ich weiß, dass es an der Wohnung liegt, in die ich gar nicht gehöre. Sie ist im obersten Stock und fühlt sich dennoch an wie ein Kellerabteil. Aber jeder Gedanke an eine Alternative verursacht ein Gefühl von grenzenloser Überforderung. Wie sollte ich jetzt eine andere Wohnung suchen, geschweige denn finden.

Mit der Tür fällt hinter mir auch jeder weitere dumme Gedanke ins Schloss.

Ich rufe Heide an. Schon wenn sie Hallo sagt, frage ich mich, ob ihre Stimme eines Tages wieder anders klingen wird als nach purem Pflichtgefühl, als würde sie nur zu verstehen geben, dass sie noch da ist. Wenn es nach ihr ginge, würde sie sicherlich nicht ans Telefon gehen. Wenn es nach ihr ginge, würde sie vielleicht auf ewig schweigen.

Weißt du, was mir heute klar geworden ist?, sagt sie.
Nein.
Dass ich jetzt keine Mutter mehr bin.

Ich sehe nach draußen. Gegenüber brennt wieder Licht. Der alte Mann macht gerade etwas mit seinen Socken. Er hängt sie übers Bett, dann nimmt er sie wieder in die Hand, rollt sie zusammen und legt sie auf seinen Schoß. Dann nimmt er sie wieder in die Hand, rollt sie auseinander und hängt sie übers Bett. Dann nimmt er die Socken, rollt sie zusammen und legt sie auf seinen Schoß. Dann nimmt er sie wieder in die Hand, rollt sie auseinander ...
Meine Wange wird nass. Ich kann trotzdem nicht wegsehen. Der Mann sitzt wie auf einer Bühne. Aber ich habe nicht bezahlt für diese tragische Inszenierung. Ich lasse ihn noch einmal die Socken zusammenrollen und ziehe dann den Vorhang zu.

Ja, sage ich, das bist du nicht mehr.
Früher war mir das gar nicht wichtig, sagt Heide. Dieses ganze Gerede ums korrekte Stillen und Erziehen und so. Ich hab's halt einfach so gemacht, wie es sich richtig angefühlt hat. Aber jetzt weiß ich nicht, wer ich ohne diesen Teil bin.
Im Hintergrund höre ich das Klappern von Geschirr.
Und im Vordergrund sagt Heide: Sie fehlt mir so.
Es liegt mir auf den Lippen zu sagen: mir auch. Aber

Etty wird mir immer anders fehlen als Heide. Ich werde immer nur verstehen können, wie es in Heide aussieht, aber niemals werde ich es fühlen können.

Es fühlt sich an, als ob mir eine Körperhälfte amputiert worden wäre, sagt sie, als hätte sie meine Gedanken gehört.

Immer wieder findet sie Beschreibungen, die mir helfen, ihren Schmerz nachzuempfinden. Gleichzeitig entfernen sie mich weit von ihr, weil ich merke, dass ich ihr diesen Schmerz nicht nehmen kann.

Was hast du heute gemacht?, frage ich.
  Gepuzzelt, sagt sie.
  Das Tausend-Teile-Puzzle von Etty?
  Ja, sagt Heide, ich mache es für sie zu Ende.
  Das ist gut, sage ich. Und was gibt es bei euch zu essen?
  Sophie macht gerade Lasagne.
  Okay, das klingt gut, sage ich. Ich komme dann morgen und esse die Reste.

Wir legen auf. Jetzt geht es mir besser. Der Tag im Nacken klebt nicht mehr. Er ist geschafft und vorbei. Ich will mir gerade einen Wein eingießen, da sehe ich die SMS von Lara.

Wie es gewesen sei und wann ich ihr das Material von heute schicken könne.

Jetzt gieße ich mir erst recht einen Wein ein.

Im Moment kann ich mir nicht erklären, wie ich es geschafft habe, das Material überhaupt zu erstellen. Aber es wird leichter fallen, in den Funktionsmodus zurückzufinden, wenn ich nicht allzu viel Zeit verstreichen lasse.

Also lade ich die Aufnahmen auf meinen Rechner. Das Weinglas leert sich währenddessen rasant. Das nächste auch. Ich trinke mich taub. Aber jetzt, wo alles da ist, auf dem Computer, merke ich, dass ich leider doch noch sehen und hören kann. Olafs Gesicht erscheint im Schnittprogramm. Ich scrolle zu einem Bild von der Katze. Am liebsten hätte ich nur sie gefilmt, Detailaufnahmen von ihrem weichen Fell mit den braunen Tupfern gemacht. Aber ich schneide brav, was Lara möchte. Routiniert, mit dem Wissen von zehn Jahren Castingredaktion.

Abgesehen von der Katze finde ich das ganze Video ziemlich langweilig. Aber spannendere Sätze als *Ich bin seit zwei Jahren Single und suche nun die Frau fürs Leben* hat Olaf eben leider nicht gesagt.

Jetzt noch einen Song dazu und fertig. Am liebsten würde ich *The Lovecats* von The Cure unterlegen. Aber was der Sender davon hält, weiß ich schon ohne Laras Beschwerdeanruf. Ich nehme natürlich *The Lion Sleeps Tonight* und sehe regelrecht vor mir, wie sie in der Redaktion lachen werden, haha, wie niedlich, das hat sie wieder mega lustig gemacht.

Ich trinke noch ein Glas Wein, während das Video gerendert wird. Zwei Uhr irgendwas kann ich rechts oben am Bildschirmrand erkennen. Ich fokussiere den Ladebalken. Millimeter um Millimeter wächst er an, während die Zeitangabe darunter immer kleiner wird.

Wenn es in uns doch so einen Ladebalken gäbe! Wenn ich mich doch selber aufladen und Heide, wenn sie gerade kein Kabel hat, etwas von meiner Energie rüberschieben könnte.

Als der Ladebalken auf dem Screen voll ist, ist meiner wirklich komplett leer. Ich schaffe es gerade noch, auf *Video hochladen* zu klicken, und schleppe mich mit ungeputzten Zähnen ins Bett.

Ich versuche, die Bilder vor meinen Augen zu steuern, aber immer wieder schummelt sich die Katze dazwischen. Sie riecht nach Etty in meinem Traum.

Als ich an Heides Haus ankomme, treffe ich Michi. Immer, wenn ich ihm begegne, sehe ich vor mir, wie er bei Heide geklingelt hat, nachdem es passiert war. Wie Heide die Tür aufgemacht und Michi sie wortlos, minutenlang in die Arme genommen hat. Seitdem stellt er ab und zu Sachen vor ihre Tür. Schokolade, Obst oder Wein.

Wie geht es ihr?, fragt er, während er mir die Tür aufhält.

Ich zucke mit den Schultern. Mal sehen, sage ich, ich komme gerade erst.

Sag Bescheid, wenn ihr irgendwas braucht. Ich bin heute nur bis drei bei der Arbeit.

Alles klar, sage ich, danke.

Ich weiß, dass es Heide total nett findet, wie Michi sich bemüht, aber sie ist es nicht gewohnt, nichts zurückgeben zu können.

Danke für alles hat sie ihm nach einer Woche auf eine Karte geschrieben und in den Postkasten gelegt, woraufhin er mich gefragt hat, ob das bedeutet, dass er jetzt damit aufhören soll.

Nein, hab ich geantwortet, es heißt einfach nur *Danke für alles*.

Ich steige die Treppen hoch. Oben höre ich eine Tür zufallen und eilige Schritte. Auf halber Treppe rast Mario mit hängendem Kopf an mir vorbei, die Kapuze seines Hoodies tief ins Gesicht gezogen.
    Hi, sage ich, stolz darauf, ihn trotzdem erkannt zu haben.
    Hallo, brummt er zurück und springt die letzten Stufen des Absatzes runter.

Da kommt wohl gerade jemand zu spät zur Arbeit, sage ich, als ich in Heides Wohnung bin.
    Mario?, fragt sie.
    Ja, sage ich.
    Der kommt gerade überallhin zu spät. Immer wenn ich ihn sehe, ist er am Rennen.
    Dafür lässt Michi dich grüßen, den hab ich auch im Haus getroffen.
    Danke, sagt Heide, wie geht es ihm?
    Er hat mich exakt das Gleiche über dich gefragt.
    Na siehst du, wenigstens einer, der das kann.

Ich setze einen Kaffee auf und frage sie, ob es Neuigkeiten gebe.
    Aber Heide will nicht darüber reden, dass sie wahnsinnig wird, von dem Schweigen der Polizei, und fragt stattdessen, wie mein gestriger Tag gewesen sei. Ich erzähle ihr von Olaf, aber nicht von der Katze. Nicht davon, dass ich schon den ganzen Morgen darüber nachdenke, nochmal dorthin zu fahren, um zu schauen, wie es ihr geht, ob dieser Olaf jetzt, wo er ein Haustier hat, tatsächlich in den

Urlaub gefahren ist. Ich will nicht, dass sich noch jemand Sorgen macht. Vor allem nicht Heide.

Aber es scheint so, als hätte sie mir sowieso nicht zugehört.

Weißt du, sagt sie, wenn sie wenigstens nur verschwunden wäre, dann könnte ich sie suchen, dann könnte ich etwas tun, aber so ... ich weiß ja nicht, wie das Monster aussieht, das ihr das angetan hat. Wenn ich es wüsste, dann könnte ich ihn suchen.

Ich weiß, sage ich, ich weiß.

Ich hab einfach keine Ahnung, was ich machen soll.

Ich weiß, sage ich wieder.

Und wahrscheinlich weiß die Polizei das genauso wenig.

Das glaube ich nicht, sage ich.

Wie meinst du das?

Na ja, sie werden sicherlich gerade die Akten aller Straftäter, die schon auffällig wurden und derzeit auf freiem Fuß sind, durchforsten.

Ja, stimmt, sagt Heide, das hat die Kommissarin auch gesagt.

Ich verstehe total, dass Heide alle Informationen vergisst. Aber ich verstehe auch, dass sich niemand meldet, um mitzuteilen, dass er keine Neuigkeiten hat.

Aber was ich nicht verstehe, ist, warum sie mir nicht erlauben, sie zu beerdigen. Ich meine, sie haben doch alle Spuren, die sie brauchen, oder nicht?

Ich weiß es nicht, sage ich.

Denkst du, dass –

Ich warte, aber sie beendet den Satz nicht.

Was denke ich?

Ach, vergiss es, sagt sie, ich hab solche Angst, dass er noch ein Mädchen –

Jetzt kocht der Kaffee hoch, zeitgleich mit unserer Wut. Ich gieße ihn in die Tassen und nehme einen Schluck. Wir spülen die Gefühle nach unten, in den Bauch. Dort sollen sie bleiben und sich ruhig verhalten.

Heides Küche ist eigentlich keine Küche mehr. Kein Ort, an dem man gemütlich zusammensitzt und über das gute Essen redet. Und auch keiner, an dem man den ganzen Weihnachtsabend verbringt und auf dem Handy alte Videos raussucht. Keiner, an dem man Etty diese Videos zeigt und ihr beim Kreischen zuhört, weil sie sich selbst als Baby sieht, mit einem Nuckel im Mund, unter dem der Sabber rausläuft. Keiner, an dem sie hört, wie sie damals gesprochen hat:

Noch nicht tutten! Ich hab hier was danz Deheimes demacht.

Keiner, an dem Etty die Haare in den Nacken wirft und nicht mehr aufhört zu lachen und der Satz *Noch nicht tutten!* zum geflügelten Wort zwischen uns wird.

Jetzt ist Heides Küche ein Ort, an dem Ordner auf dem Tisch liegen, in denen sich bürokratische Schreiben anhäufen. Briefe zu den Themen Krankenversicherung, Schule, Kindergeld, Bankkonto, Handyvertrag und immer obenauf die Sterbeurkunde, die in meiner Vorstellung eigentlich wie ein Streichholz funktionieren müsste, das die Kraft hat, den ganzen Stapel um Ettys Existenz in Brand zu setzen.

Immer, wenn ich komme, beantwortet Heide wieder einen dieser Briefe. Es klappert die Tastatur, es rattert der Drucker, aber auch wie ein Büro ist diese Küche nicht. Es ist ein absurder Raum, in dem unübersehbar der Schmerz klebt, ein Raum, in dem eine Mutter blöde Zettel sammelt, die sie griffbereit haben muss, falls irgendjemand eine Nummer wissen will. Eine Nummer für Etty. Um sie aus dem System zu löschen, auszuradieren, einen Vermerk zu machen oder einen Stempel auf ein Stück Papier zu drücken. Es ist ein Raum, für den es keinen Namen gibt.

Ich nehme an, dass ich dir mal wieder nicht helfen kann?, sage ich.

Heide schüttelt wie erwartet den Kopf.

Worum geht es denn heute?

Ach, frag nicht, sagt sie.

Ich hoffe nur, es ist nicht wieder so ein Irrsinn wie mit der Sterbeurkunde?

Erinnere mich bloß nicht daran, sagt Heide. Aber jetzt, wo die Sterbeurkunde da ist, geht der bürokratische Wahnsinn erst richtig los. Und jede Institution braucht alles von vorn. Anstatt dass sie sich die Dokumente untereinander zusenden, muss ich jeden einzelnen Zettel wieder in die Hand nehmen. Und immer aufs Neue muss ich schreiben, was passiert ist. Für jeden einzelnen Beamten wühle ich in meinem Schmerz und frage ich mich, wie viele Zettel ich noch ausfüllen, wie viele Briefe ich noch beantworten muss.

Es ist echt krass, wie die mit dir umgehen.

Das Problem ist, dass eben niemand mit einem umgeht. Wenn da überhaupt noch Menschen hinter den Computern sitzen sollten, wäre ich dafür, dass sie die auch noch gegen Maschinen eintauschen, dann wäre es nämlich leichter zu ertragen.

Wäre es vielleicht besser, wenn du mit ihnen telefonierst?

Nein, das ist noch schlimmer. Da landet man in einer Endlosschleife von *Bitte haben Sie einen Moment Geduld,*

Sie werden gleich verbunden. Und wenn man dann verbunden wurde, muss man alles nochmal aussprechen. Genauso wie bei den Briefen. Immer wieder soll ich sagen, dass meine Tochter nicht mehr am Leben ist. Entschuldigung, aber das ist einfach unmenschlich!

Mann, das ist doch zum Kotzen, dass in diesen Ämtern nur solche unempathischen Vollpfosten sitzen, sage ich. Ist da nicht mal *eine* Person dabei, die sich deiner Sache bis zum Ende hin annimmt?

Heide zuckt mit den Schultern. Dann sagt sie: Ich hoffe einfach, dass es bald vorbei ist. Dass ich bald alles abgearbeitet habe, was dieser Staat von mir verlangt.

Wollen die denn für die nächsten Urkunden und Dokumente wieder Geld von dir?

Das hab ich noch nicht recherchiert. Ich frag mich ja ehrlich gesagt, wie das Leute machen, die tatsächlich nur zwei Tage Sonderurlaub nehmen können, sagt Heide.

Oh Gott, ja! Wie viele Menschen das wohl betrifft?, sage ich.

Keine Ahnung, aber ich glaube, manche können sich nicht einfach krankschreiben lassen. Die werden dann gefeuert. Oder denk mal an Leute wie dich, die selbständig sind!

Nee, daran denk ich jetzt mal lieber nicht.

Das solltest du aber.

Ach, Heide, sage ich, eins nach dem andern.

Sie dreht sich um und sieht aus dem Fenster. Es ist das einzige, aus dem sie in dieser Wohnung noch schauen kann, denn es geht nach hinten raus.

Ich dachte immer, wenn etwas passiert, dann im Görlitzer Park, sagt sie, oder an einer der verdammten U-Bahnstationen, aber an das scheiß Gebüsch, direkt vor unserer Haustür, daran habe ich im Leben nicht gedacht.

Niemand hat daran gedacht, sage ich.

Ja, sagt Heide, aber ich war so dumm! Ich habe Etty immer nur vor diesem Park gewarnt, wieder und wieder gesagt, sie soll da nicht durchgehen, wenn es schon dunkel ist, und wie ich ausgerastet bin, als sie sich mal verplappert hat! Mein Gott, hab ich gesagt, wie oft soll ich dich noch vor dem Görlitzer Park warnen? Und sie hat geantwortet, dass sie ja nicht durch*gegangen*, sondern -*gefahren* sei, als wäre es auf dem Fahrrad sicherer. Ich hab echt zu weinen angefangen, weil ich so verzweifelt war. Etty war ja nicht die Einzige, die seit Jahren Umwege machen musste, weil der scheiß Park nicht mehr sicher ist. Ständig müssen wir uns in Acht nehmen. *Darüber* schreiben sie in der Zeitung. Aber nicht, was eigentlich getan wird, damit wir uns nicht ständig in Acht nehmen müssen! Eine scheiß Welt ist das.

So wie es aussieht, hat der Blick nach draußen nichts verändert. Es ist furchtbar, mit anzusehen, dass der Ausblick keine Rolle spielt. Es ist der Schmerz, der ihr die Sicht versperrt. Es ist vollkommen egal, wo Heide aus dem Fenster sieht. Ob es hier ist, in Hamburg oder in Köln. Wir könnten auch nach New York fahren oder in die Karibik. Der Ausblick würde sich nicht ändern. Er bliebe ein blutroter Fleck, ein dunkles Loch, eine grelle Leerstelle.

Magst du heut irgendwas machen?, frage ich.

Ich kann nicht, sagt sie.

Wieso?

Ich hab gleich einen Termin beim Zahnarzt. Sophie holt mich dort ab. Wir gehen dann noch zu einem anderen Bestatter.

Dass Bestatter rund um die Uhr geöffnet haben, wundert mich nicht, aber Zahnärzte?

Heute ist doch Samstag, sage ich.

Ja, ich hab mich auch gewundert, sagt Heide, aber den Termin hat Sophie für mich gemacht. Vielleicht macht dieser Arzt ja nur samstags Beißschienen.

Du kriegst ne Beißschiene?

Ja, ich knirsche neuerdings in der Nacht. Sophie meint, ich soll mir eine Beißschiene besorgen.

Auch wenn ich bezweifle, dass eine Beißschiene die Lösung für ein psychisches Problem ist, nicke ich zustimmend.

Na gut, sage ich, dann sehen wir uns erst am Montag wieder. Ich fahre ja morgen zu meiner Großmutter.

Ist gut, sagt Heide.

Wir gehen zusammen zu der ominösen Zahnarztpraxis, die auch samstags geöffnet hat. An der Ecke Weserstraße kommt uns eine Frau entgegen, die, als sie uns sieht, stehen bleibt, sich dann nach rechts dreht und über die Straße eilt.

Was war das denn?, sage ich.

Das war Sybille, die Mutter von Naomi.

Ach, ihr kennt euch?

Ja, sagt Heide trocken. Sowas passiert mir gerade ständig. Leute, die mich sehen, wechseln abrupt die Straßenseite, als wäre *ich* es, vor der man sich hier fürchten müsste.

Alter, geht's noch?, rufe ich dieser Sybille hinterher, aber sie scheint in eines der Häuser verschwunden zu sein, ich kann sie nicht mehr sehen.

Du bist zu tapfer für diese Welt, sage ich.

Anstatt zu antworten, sagt sie: Hier ist es schon, schau.

Da hängt tatsächlich ein Schild an der Wand. Und die Öffnungszeiten gehen von montags bis samstags.

Soll ich mit hochkommen?

Ist lieb von dir, aber lass mal. Sonst fühl ich mich wie ein Kind, das Angst vorm Zahnarzt hat.

Also gut, sage ich. Und Sophie holt dich nachher hier ab, ja?

Ja, genau.

Okay. Also dann, bis Montag. Pass auf dich auf!

Du auch.

Sie drückt auf das Klingelschild. Zeitgleich summt der Türöffner. Eines der Häuser, in das ich nur in einem Alptraum einziehen würde, weil sich einfach jeder Zutritt verschaffen könnte, der vorbeigeschlendert kommt.

Heide nickt mir zu, bevor sie hinter der Tür verschwindet.

Ich überlege, ob ich Sophie anrufen, mich vergewissern sollte, dass sie Heide wirklich hier abholt. Aber sind wir nun Freundinnen oder Leute, die sich gegenseitig misstrauen?

Ich bleibe stehen, warte, worauf auch immer. Darauf, dass Heide wieder rauskommt. Darauf, dass diese Sybille noch einmal auftaucht und ich ihr eine verpassen kann. Darauf, dass ich weiß, was ich jetzt machen soll. Darauf, dass dieser Tag zu Ende geht.

Da sitze ich wieder. Sonntagmittag, auf der Bank vor Großvaters Beet. Großmutter steht da und streichelt seinen Grabstein. Ich nehme mir vor, das auch mit ihrem zu tun, wenn sie unter der Erde liegt, auf der sie gerade steht.

Der Wecker tickt seit fünf Minuten. Es geht ein leichter Wind. Ein paar Meter von uns entfernt läuft eine Frau. Sie hat eine gebeugte Haltung, aber keine Gehhilfe. Sie läuft nicht schnell, aber irgendwie hastig. Plötzlich dreht sie sich um und geht in die Richtung, aus der sie gerade gekommen ist.

Großmutter fragt mich, wie die Fahrt gewesen sei, da sehe ich, dass die gebeugte Frau plötzlich wieder in die andere Richtung läuft. Sie scheint etwas zu suchen.

War die Autobahn voll?, fragt Großmutter.

Ich sage, warte mal, und gehe zu der Frau.

Kann ich Ihnen helfen? Suchen Sie etwas?

Ach, das ist ganz lieb von Ihnen. Ich weiß auch nicht, sagt sie, ich finde das Grab meines Mannes nicht.

Oje. Wie heißt er denn?

Die Frau sagt nichts. Ich warte.

Er hat doch immer hier gelegen, genau in dieser Reihe.

Ich halte Ausschau, aber hier tragen alle Grabsteine weibliche Namen.

Ich glaube, hier ist es nicht, sage ich etwas lauter. Können Sie mir sagen, wie Ihr Mann heißt?

Erich, sagt sie.

Ich gehe auf die andere Seite der Reihe und finde ein Grab, auf dem Erich steht.

Könnte es das hier sein?, rufe ich.

Sie kommt zu mir, schaut auf das Grab und sagt, ja, das ist es, ich danke Ihnen vielmals.

Großmutter hat sich inzwischen hingesetzt. Von weitem sieht es aus, als würde sie die Lippen bewegen. Sie spricht also doch mit Großvater, wenn ich nicht dabei bin. Ich gehe weiter, um sie nicht zu stören, laufe im Slalom um die Gräber, frage mich gerade, welche Blumen wir für Etty pflanzen werden, da kommt mir die gebeugte Frau wieder entgegen. Sie hat es immer noch eilig. Als sie mich sieht, hebt sie die Arme.

Mein Gott, ich schäme mich so, sagt sie. Ich finde ihn einfach nicht.

War es doch nicht Ihr Erich?

Nein, sagt sie, aber ich wollte Sie nicht länger stören.

Wissen Sie was, ich geh mal nach vorne und frage jemanden. Es wird doch irgendwen geben, der Ihnen helfen kann.

Ach, das ist lieb von Ihnen, vielen Dank.

Setzen Sie sich doch derweil mal hin. Sie sind ja ganz außer Atem!

Der Gärtner weiß gleich Bescheid. Er geht zur gebeugten Frau und grüßt sie mit Namen. Ich gehe zurück zu Großmutter.

Sie spricht jetzt nicht mehr, sondern raucht schon wieder, so wie letztes Mal. Sie hält mir die Schachtel hin, als ich mich neben sie setze. Na gut. Wenn sie will. Dann rauchen wir eben. Dass sich Großvater darüber freuen würde, wage ich zwar zu bezweifeln, aber Großmutter scheint es wichtig zu sein. Sie pafft und sieht nachdenklich aus.

Ich gebe ihren Gedanken eine Richtung und frage sie, was sie gerade liest.

Shades of Grey, sagt sie. Und nach einer Pause: Ich habe so viel verpasst in meinem Leben, das wird mir beim Lesen dieses Buches klar.

Ich frage sie, ob ich mal reinlesen darf.

Das ist nichts für dich, sagt sie.

Wieso? Muss man für manche Dinge über achtzig sein?

Nein, man muss gar nichts außer sterben, antwortet Großmutter.

Es ist erstaunlich, dass sie viele Dinge vergisst, aber keinen einzigen der Sätze, die sie, seit ich sie kenne, wiederholt, als wäre sie eine Jukebox.

Der Wecker klingelt. Wir packen zusammen und gehen zum Restaurant.

Der neue Kellner ist wieder da. Heute nennt sie ihn Christian. Es gibt Schnitzel und Pommes. Ich schneide ihr sowohl das Fleisch als auch die Pommes klein. Ich bin nicht besonders hungrig und esse deshalb die Pommesstückchen, die Großmutter übrig lässt. Ich habe das Gefühl, dass Essen gut ist für ihren Verstand. Beim Essen ist sie selten vergesslich. Sie erzählt nochmal von *Shades of Grey*. Weißt du, ich habe mit deinem Großvater nie irgendwas im Bett probiert. Nicht mal was ganz Kleines.

Wie meinst du das?, frage ich.

Na ja, das mit den Handschellen zum Beispiel.

Ich habe das Gefühl, Großmutter würde am liebsten das ganze Buch durchspielen. Wahrscheinlich muss ich es mir besorgen, um zu wissen, auf welchem Planeten sie gerade ist.

Aber hattet ihr schönen Sex, Großvater und du?, frage ich.

Nein, sagt sie.

Auch nicht ganz am Anfang?

Nein.

Sie sagt es sehr hart, beinahe verbittert. Gerade überlege ich, ob ich sie fragen kann, warum sie dann keinen Liebhaber hatte, da sagt sie: Weißt du, Männer sind einfach phantasielos. Anscheinend gibt es Ausnahmen. Wenn ich das früher gewusst hätte, hätte ich mir vielleicht einen anderen Mann gesucht. Aber nun ist es eben, wie es ist.

Das klingt, als wäre ihr Leben vorbei. Aber sie sitzt doch hier, isst Schnitzel und Pommes und redet über Sex.

Gibt es in deinem Haus keinen netten Mann, der dir gefällt?

Ach, Schätzchen, die Zeiten sind längst vorbei, sagt sie.

Warum denn?

Weil ich keine Lust mehr habe.

Das kann ich so nicht stehen lassen.

Masturbierst du nicht, während du *Shades of Grey* liest?, frage ich.

Großmutter sieht mich erschrocken an. Fast so, als wollte sie mich ohrfeigen.

Was ist? Kann ich dich sowas nicht fragen, obwohl wir gerade über Sex reden?

Aber das darf man doch nicht!, sagt sie.

Was?

Na, die Sache mit der Selbstbefriedigung.

Sie flüstert jetzt und sagt: Und jetzt ist Schluss! Ich will nichts mehr davon hören.

Ich versuche mir vorzustellen, wie es Großmutter gelungen ist, vierundachtzig Jahre lang ohne Selbstbefriedigung klarzukommen. Selbst jetzt, wo sie ein eigenes Zimmer hat und ganz alleine wohnt.

Aber Christian unterbricht meine Gedanken und räumt Großmutters Teller ab.

Sie bestellt zum Nachtisch Rote Grütze mit Vanillesauce.

Irgendwie ist die Sauce eher Pudding, aber Großmutter isst trotzdem alles auf. Nach dem letzten Löffel spuckt sie dreieinhalb Kirschkerne ins leere Schälchen.

Das war knapp, sagt sie, wenn ich die verschluckt hätte, hättest du mich direkt zum Friedhof zurückfahren können.

Diese Frau ist wie ein Überraschungsei. Das Essen hat sie jünger gemacht. Sie erklärt Christian, dass die Kirschkerne ein Grund seien, die Rote Grütze von der Rechnung zu streichen.

Er ist vielleicht zweiundzwanzig und zittert jetzt ein bisschen. Er sagt, dass er den Chef fragen werde, was Großmutter nickend zur Kenntnis nimmt.

Der Koch kommt an unseren Tisch, um sich zu entschuldigen. Er bringt zwei Espressi mit. Die gehen selbstverständlich auch aufs Haus, sagt er, und wünscht uns noch einen schönen Tag.

Großmutter trinkt um diese Uhrzeit keinen Kaffee mehr, also trinke ich beide. Sie ist trotzdem glücklich. Sie hat sich schon immer gefreut, wenn es etwas zu sparen gab.

Draußen führt sie mich zu einem Schaukasten drei Straßen weiter. Er steht vor einem Haus, das königsblau gestrichen ist. Erst als ich aufhöre, darüber nachzudenken, wer sich für diese grässliche Farbe entschieden hat, nehme ich die Zettel hinter der Glasscheibe wahr, vor der wir jetzt stehen.

Es ist ein Bestattungsinstitut. *Rund um die Uhr für Sie erreichbar.* Erfahrung seit so und so vielen Jahren. *Trauerbegleitung. Beratungsgespräche.* Lauter Schlagwörter, die mir so schrecklich bekannt vorkommen.

Wenn es möglich wäre, würde ich jetzt weinen. Aber es ist nicht möglich. Weil ich Großmutter vor einigen Jahren versprochen habe, mich nicht zu verschließen, wenn sie mit mir über ihren Tod reden will. Ich habe versprochen, dass ich mich dann erwachsen verhalten werde. Der Tod ist nun mal das Ziel eines jeden Menschen, hat sie gesagt. So normal, wie diese Tatsache ist, sollte man damit auch umgehen.

Hierher würde ich das nächste Mal gern mit dir gehen, sagt sie jetzt. Denkst du, das lässt sich einrichten?

Keine Ahnung, ob es mit dem Thema zu tun hat, aber plötzlich spricht Großmutter sehr langsam. Ihre Zunge scheint Mühe zu haben, sich zu bewegen. Zu viel Vanillesauce, denke ich.

Ich würde es gut finden, wenn alles vorbereitet wäre. Ich möchte dir nicht zu viele Umstände machen.

Wenn sie wüsste, wie viele Umstände sie mir damit bereitet, ausgerechnet jetzt damit anzufangen. Ich bin dazu gerade nicht imstande, will ich sagen, lass mich in Ruhe! Stattdessen stecke ich meine Gedanken in eine imaginäre Tüte mit so einem Zip-Verschluss. Ich atme aus, nehme die Tüte in die eine Hand und Großmutters Hand in die andere. Jetzt fühlt sich ihre Hand an, als hätte sie nur noch wenig Zeit, als wäre es bald schon um sie geschehen.

Sie ist nicht nur von faltiger Haut überzogen, sondern sie puckert von innen heraus, wie eine kleine Bombe.

Ich wünschte, ich würde solche Dinge nicht wahrnehmen, ich wünschte, ich wäre taub.

Was ist denn, mein Kind?, fragt Großmutter. Ihre Stimme klingt beinahe kläglich, ganz leise. Viel lauter sind ihre klebrige Zunge und die zitternden Stimmbänder.

Was ist denn, mein Kind?

Plötzlich durchfährt mich ein heftiger Ruck. Wenn der Ruck ein Satz wäre, würde er lauten: Reiß dich zusammen!

Jetzt stehe ich also aufrecht und sehe mit trockenen Augen zu Großmutter hinunter.

Alles gut, sage ich, ich muss mich nur noch an den Gedanken gewöhnen, dass ich dich nicht für immer behalten kann.

Sie würde mir jetzt gern die Haare hinters Ohr streichen. Ich sehe es an ihrem Blick und daran, wie sie die Hand hebt. Aber ich müsste mich bücken, damit sie an die Haare heranreicht, und ihre Hand hat mittlerweile schon einen anderen Weg eingeschlagen. Sie liegt jetzt auf meiner Hand, die wiederum auf ihrer anderen Hand liegt. Unsere Hände sehen aus wie ein Käsebrötchen. Großmutters tickende Hände halten mich fest.

Als wir im Turm ankommen, trinkt Großmutter einen halben Liter Wasser. Sie setzt sich in den Sessel und bittet mich, in ihr Bastelzimmer zu gehen. Ich soll den Ordner mit der Aufschrift *Im Falle meines Todes* holen.

Ich kann mich nicht erinnern, wohin ich die Zip-Tüte mit den Gedanken getan habe. Ich würde sie gern mit ins Wohnzimmer nehmen, damit sie griffbereit ist. Jetzt aber erstmal der Ordner, der ist leichter zu finden.

Es ist der einzige, der Großmutters Handschrift trägt. Er wiegt so viel, dass ich ihn mit beiden Händen aus dem Regal ziehen muss.

Da ist alles drin, was ansteht, wenn es so weit ist, alles in diesem Ordner. Ich habe es mehrmals überprüft und nichts vergessen. Wenn du möchtest, gehen wir es einmal durch, sagt sie.

Ich hätte die Zip-Tüte nicht schließen sollen. Meine Gedanken sind einfach verschollen, bin immer noch ganz verwackelt im Kopf. Wieso verfolgt mich dieses Todesthema wie ein Kampfhund?

Großmutter spricht immer noch so, als würde es ihr Mühe bereiten, Lippen und Zunge zu bewegen. Aber da es ihr wichtig ist, will ich sie nicht enttäuschen.

Ich setze mich aufs Sofa und klappe den Ordner auf.

Vorn sind erstmal alle Sachen, die zu kündigen sind, presst sie hervor. Schau sie einmal durch, bis zu der gelben Seite in der Mitte.

Ich mache es so, wie sie sagt, und schaue jeden Zettel aufmerksam an. Den Mietvertrag, die Krankenversicherung, die Pflegeversicherung, die Rentenversicherung, die Hausratversicherung, die Haftpflichtversicherung, das Bankkonto, den Telefonvertrag, die Lebensversicherung ... Irgendwann bin ich bei dem gelben Blatt angelangt. Es steckt in einer Klarsichtfolie, zusammen mit einem Umschlag, auf dem steht *Mein Testament*.

Ich schaue zu Großmutter hinüber. Aber ihre Augen sind geschlossen. Dafür ist ihr Mund halb geöffnet. Sie schläft, während ich hier sitze, mit ihrem Testament auf dem Schoß.

Hinter mir tickt die Uhr. Sie tickt arhythmisch zu Großmutters Atem. Ich sehe dem Heben und Senken ihres Schrumpelhaufens zu und dem Pulsieren ihrer Halsschlagader, diesem Puckern, das dafür verantwortlich ist, dass Großmutter lebt, dass Blut durch ihre Adern fließt, dass ihr Herz schlägt, dass sie demnächst die Augen wieder öffnen und mich anschauen wird, dass sie die Hände aneinander reiben und sagen wird: So, na dann mal los!

Als es so weit ist, wir uns am Esstisch gegenübersitzen und ich ihr wieder erkläre, dass man die Gewürzgurken nicht mit den Fingern aus dem Glas fischen sollte, auch wenn man sich gut kenne, weil es besser für die Haltbarkeit der Gurken sei, hat sie ihr Testament schon wieder vergessen.

Sie wirkt so schwach, dass ich ihr am liebsten das Brot schmieren und die Gürkchen schneiden würde. Sie eiert das Brot zu ihren Lippen, beißt seitlich hinein und beginnt erst zu kauen, als ihr Handrücken wieder den Tisch berührt und sie das Brot, wie eine Rutsche, halb auf dem Teller abgelegt hat.

Jetzt reden wir über die Qualität der Backwaren, die sich laut Großmutter in den letzten Jahren stark zum Negativen hin entwickelt hat.

Früher war da nicht so viel Luft drin, da war der Teig schön fest und die Kruste richtig knusprig.

Aber so eine Kruste könntest du doch jetzt gar nicht mehr kauen, gebe ich zu bedenken. Großmutter wendet ein, dass es doch ein Jammer sei, dass die nachfolgenden Generationen niemals erfahren würden, wie richtiges Brot schmecke, und dass sie die Kruste ja auch abschneiden und an die Schwäne verfüttern könnte.

Aber Großmutter, du weißt doch, dass man die armen Vögel nicht mit Brot füttern soll. Das vertragen die nicht.

Ach, papperlapapp! Den Hunden haben wir früher auch einfach die Reste von unserem Essen gegeben und jetzt wird da so ein Bohei drum gemacht.

Ich gebe auf. Wie immer gebe ich auf, weil ich merke,

dass es eh keinen Sinn hat. Großmutters Meinungen sind in ihrem Kopf so festgebacken wie die Brotkruste, nach der sie sich sehnt.

Ich räume den Tisch ab, spüle die kleinen Teller und Tassen, die mich immer an ein Puppenhaus erinnern. Aber Großmutter wollte nur dieses Geschirr behalten, weil sie nicht so viel Platz hat in ihrer Turmwohnung. Wenn man alleine wohnt, braucht man keine großen Teller mehr, hat sie gesagt. Doch auch als sie merkte, dass das nicht stimmt, hat sie kein neues Geschirr besorgt, sondern sich angewöhnt, das gelieferte Essen direkt aus der Assiette zu verspeisen und die Kuchen, die ich mitbringe, so zu schneiden, dass sie auf einer Untertasse Platz finden.

Wir machen die sonntägliche Abendwäsche, inklusive Cremepflege. Großmutter schwört auf CD.
Gib's zu, sage ich, du bist auf diesen dämlichen Werbespruch reingefallen.
Welchen Werbespruch?, fragt sie.
An meine Haut lasse ich nur Wasser und CD.
Ach so, sagt Großmutter, doch, das kenne ich noch. Aber das ist doch schon ewig her!
Ja, eben, sage ich, es gibt heutzutage viel bessere Bodylotions, welche ohne Chemie zum Beispiel.
Ach, Kindchen, als würde das jetzt noch was ändern! Mein Körper ist doch schon so alt. Und meinst du, er wäre so alt geworden, wenn in dieser Boddie Lotsjohn so viele Chemikalien wären, wie du sagst? Ich meine, wie lange schmiere ich mich jetzt schon mit diesem Zeug ein? Vierzig Jahre bestimmt. Also bitte!
Boddie Lotsjohn, denke ich, das ist so herzig.
Ist ja gut, Omama, tut mir leid. Ich will dich nicht nerven. Weißt du, es existieren nur so krass unterschied-

liche Welten. In Berlin gehen alle in den Bioladen und kaufen sich Salz aus dem Toten Meer, in dem sie dann baden, und Kokosöl, mit dem sie sich eincremen, und im Café bestellen sie Kaffee mit Hafermilch oder heißen Birnensaft und achten darauf, dass alles ganz rein und biologisch abbaubar ist.

Ach, sagt Großmutter, dieser ganze Firlefanz! Wobei, heißer Birnensaft klingt eigentlich ganz fein.

Sie setzt sich vor den Fernsehapparat.

Schon schade, dass du fürs Fernsehen arbeitest, aber ich dich nie da drinnen sehen kann, sagt sie.

Sei mal froh, antworte ich. Wenn ich eine Schauspielerin wäre, hätte ich bestimmt nicht so viel Zeit für dich.

Ach so?, sagt sie. Aber die verdienen gut, die Schauspieler, oder? Das sind doch Millionäre.

Haha, schön wär's, sage ich. Die meisten Schauspieler gehen alle paar Monate zum Sozialamt, weil sie nach jedem Projekt wieder arbeitslos sind.

Ach Quatsch!, sagt Großmutter.

Nix Quatsch, sage ich.

Aber jetzt fordert eine Quizsendung ihre Aufmerksamkeit.

Das weiß ich nicht, sagt Großmutter, als ob die Frage, die gerade gestellt wurde, an sie gerichtet wäre.

Ich schaue zum Fernseher hin, um zu sehen, wie die Frage lautet:

Darf ein Erblasser ein privatschriftliches Testament mit einer Tastatur verfassen, wenn er an seiner Schreibhand verletzt ist?

Sophie hat mal gesagt, dass sie irgendwann ziemlich dringend rote Schuhe haben wollte. Aber ab dem Moment hat sie so viele Leute mit roten Schuhen herumlaufen sehen, dass sie den Wunsch ziemlich schnell wieder ad acta gelegt hat. Kann es sein, dass es Menschen ähnlich geht, denen jemand gestorben ist oder die umgeben sind von welchen, die ans Sterben denken, dass sie vom Thema Tod verfolgt werden?

Der Kai Pflaume wird irgendwie auch nicht älter, oder?, unterbricht Großmutter meine Gedanken.

Ich brumme nur zustimmend, weil es wohl wenig Sinn ergäbe, jetzt auch noch über Schönheitsoperationen zu reden.

Ich wische den Staub von ihren Zimmerpflanzen und gebe auf jedes Blatt einen Hub Wasser aus der Sprühflasche, die dabei quietscht wie ein kleines Tier.

Wenn die Schreibhand verletzt ist, darf man mit der anderen Hand schreiben, aber nicht mit einer Tastatur. Das ist die richtige Antwort.

Aha, sagt Großmutter.

Ich fülle die Sprühflasche wieder auf und stelle sie an ihren altangestammten Platz, wie Großmutter sagen würde.

Kann ich dir noch was bringen, bevor ich gehe?, frage ich.

Ach nein, alles gut, mein Schatz.

Deine Tabletten hast du vorhin genommen?

Ja, ja, sagt sie.

Also gut, dann lasse ich dich mal mit dem Herrn Pflaume allein.

Sie kichert und ich gebe ihr einen Kuss.

Ich mache mich auf den Weg in die Stadt mit den speziellen Getränken. Nächstes Mal werde ich ihr Birnensaft mitbringen und ihn in ihrer Puppenküche erwärmen.

Als ich auf dem Kalender sehe, dass heute Montag ist, merke ich, dass ich das vor wenigen Sekunden schon auf dem Handy gesehen habe. Ich bin so zerlöchert, ich könnte den ganzen Tag über feststellen, dass ich Dinge kurz zuvor schon mal getan habe.

Gleichzeitig fühlt es sich an, als würden sich meine Gedanken unterwegs verhaken. Und wenn ich sie wiedergefunden habe, zerbröseln sie und verstopfen mir den Kopf.

Wahrscheinlich veranstaltet mein Gehirn Ablenkungsmanöver. Davon, dass ich langsam mal lossollte zum Beispiel. Dass ich mir auf keinen Fall die Frage stelle, wie viel Kraft wir haben. Ob sie füreinander reichen wird. Vor allem für Heide.

Ich ziehe die Schuhe an, die am bequemsten sind. Ich ziehe die Jacke an, die am beschissensten aussieht. Ich setze eine Mütze auf, damit ich am Ende aussehe wie ein Mann.

Auf der Treppe übe ich den Gang, übe die O-Beine, schummele meinen weiblichen Körper durchs Haus. Unten angekommen, treffe ich einen Handwerker, der die Haustür repariert. Meine Stimme kommt mir wahnsinnig laut und wahnsinnig hoch vor. Jedenfalls passt sie nicht zu meinem Erscheinungsbild. Das merke ich, als der Typ an mir heruntersieht. Ich frage ihn, was kaputt ist.

Es gab Beschwerden, sagt er, weil ...

Ich gehe schneller, denn jetzt merke ich, dass ich es eigentlich gar nicht wissen will, aber ich schaffe es nicht vor dem Satzende nach draußen, dafür redet er zu schnell.

... weil irgendwelche Idioten sich hier Zutritt verschafft haben.

Jetzt, wo ich weiß, was ich nicht wissen wollte, werfe ich noch einen Blick auf die Tür. Das Schloss sieht verbeult aus, das Holz ist zersplittert.

Danke, dass Sie sich darum kümmern, sage ich.

Berlin ist so trostlos. Wenn hier nicht die ganzen Leute rumlaufen würden, die davon ablenken, wie wenig Bäume es gibt, wäre jeder, der hier wohnt, gefährdet, Depressionen zu bekommen.

Vor mir wippen einige Menschen, aber keiner von ihnen wippt so wie Etty. Ich hätte Etty unter Tausenden von hinten erkannt, so außergewöhnlich war ihr Gang. Es sah immer so aus, als würde sie nach dem nächsten Schritt eine Drehung machen, nach rechts oder links. Sobald sie aufstand, konnte man sehen, dass sie eine Tänzerin war. Ihre Körperspannung, ihre Präsenz waren einzigartig. Sie ist nicht über die Straße gegangen. Die Straße hat sich vor ihr ausgebreitet!

Sie war die Königin von Kreuzberg, vielleicht sogar von ganz Berlin.

Auf Ettys ehemaligen roten Teppich fallen nun meine Tränen. Ich sehe nur noch verschwommen, wohin ich gehe.

Seit Etty nicht mehr da ist, fülle ich die Papierkörbe dieser Stadt mit nassen Taschentüchern. Ich wünschte, es würde irgendwem auffallen, dass es mehr geworden sind. Ich wünschte, Berlin würde überquellen vor verrotzten Taschentüchern und ganze Mülldeponien müssten um Hilfe rufen, weil sie nicht mehr wüssten, wohin mit dem Zeug. Man würde der Sache auf den Grund gehen müssen. Und wenn man ihn gefunden hätte, würde man endlich das Problem an der Wurzel packen und den Mädchen und Frauen in dieser Stadt eine sichere Gegenwart und Zukunft bauen.

Ach, die Gedanken sind frei. Und lächerlich.

Als ich vor Heide stehe, fällt mir auf, dass ich auf dem Weg hierher vergessen habe, dass ich ein Mann sein wollte.

Heide fragt, warum ich eine Mütze tragen würde. Im Radio läuft gerade der Wetterbericht. Jetzt wundere ich mich auch über die Mütze. Darüber, dass ich sie unterwegs nicht absetzen musste. Ich gehe ins Bad und wasche mir den Schweiß vom Gesicht.

Als ich das Wasser abstelle, höre ich Musik. Ich würde jedes Mal verlieren, wenn man innerhalb weniger Takte erraten sollte, welcher Song gespielt wird. Ich trockne mir die Hände ab und denke weiter nach. Als ob Heide meine Gedanken erraten könnte, dreht sie lauter.

Sag schon, wer ist es?, rufe ich.

Was?, brüllt Heide zurück.

Das Lied!

Boah, keine Ahnung.

Ah, das macht mich rasend, verdammt nochmal. Jetzt tropft mir, anstelle des Schweißes, kaltes Wasser vom Kinn. Das tut gut, hilft aber nicht beim Denken.

Ich gehe zurück ins Zimmer. Das ist, sage ich, das ist …

Ton Steine Scherben, sagt Heide.

Aber jetzt hätte ich es auch erkannt, weil Herr Reiser mittlerweile singt.

Wie passend, sagt Heide und schiebt mir einen Brief hin, der auf dem Tisch liegt. Wiederum passend zum Refrain springt mir das Wort *Mieterhöhung* ins Auge.

Na toll.

Ja, sagt Heide mit einem furchtbar traurigen Unterton.

Ihr kriegt uns hier nicht raus, singt sie beinahe im Flüsterton, während Rios Stimme, trotz des winzigen Radios, den ganzen Raum füllt.

Aber man muss nicht laut sein, um wütend zu sein. Ich sehe es an Heides Gesicht, das ganz verhärtet ist. Ihre Wut hätte die Kraft, das ganze Haus in Brand zu setzen.

Heide öffnet den Ofen und zieht einen Kuchen heraus.

Ich wollte mich gestern ablenken, sagt sie. Er ist ein bisschen angebrannt, schmeckt aber ganz gut, wenn man den Rand abschneidet.

Mmh, Marmorkuchen, sage ich, dabei ahne ich schon, dass er so schmeckt, wie er riecht. Aber egal. Heide hat einen Kuchen gebacken und ich bin sowas Ähnliches wie stolz auf sie.

Weißt du, sage ich, ich habe überlegt, ob ich vielleicht irgendwann aufs Land ziehe.

Ja, das ist gut, sagt Heide. Ich merke, dass sie in Gedanken ganz woanders ist. Trotzdem rede ich weiter.

Ich habe mich gefragt, ob du vielleicht auch aufs Land willst.

Ihr Kopf dreht sich ruckartig zu mir. Sie öffnet den Mund, dann schließt sie ihn wieder.

Anscheinend hat sie jetzt verstanden, was ich gesagt habe, aber eine Antwort darauf scheint ihr nicht leichtzufallen.

Ihr Blick wandert von meinen Augen zu meiner Brust, dann zu meiner Schulter, bis er letztlich an dem Regal hängen bleibt, das neben mir steht.

War nur so ein Gedanke, sage ich.

Ja, ja, sagt Heide jetzt, weißt du, ich denke ja selbst an nichts anderes mehr. Dass ich hier weg will, raus aus dieser Wohnung, raus aus dieser Stadt, raus aus diesem Leben, raus aus diesem Körper. Also, keine Ahnung, aber was soll ich sagen?

Du musst nichts sagen. Tut mir leid, ich wollte dich nicht überfordern.

Ich werde darüber nachdenken, okay?, sagt sie. Ob wir aufs Land ziehen sollten. Lass uns später nochmal darüber reden.

Ist gut, sage ich.

Ich versuche den Kuchen so unauffällig wie möglich mit Wasser aufzuweichen, damit ich ihn schlucken kann. Nachdem es beim ersten Bissen gelungen ist, frage ich, ob sie mir von dem Termin beim Bestatter erzählen möchte.

Heide klappt das Laptop auf, das gefährlich weit über die Tischkante ragt, weil es am stark gespannten Ladekabel hängt. Aber sie hat es voll raus. Nichts fällt, nichts geht zu Bruch. Nicht einmal die Küche ist abgefackelt, während der Kuchen im Ofen stand.

Wie findest du das?, fragt Heide und klickt auf eine Datei.

Es ist eine Einladung zu Ettys Beerdigung. Ich starre auf das Datum. Das ist ja schon in wenigen Tagen, sage ich.

Ja, in fünf Tagen, sagt Heide.

Eben.

Ja, aber sie sagen, dass es weitere Kosten verursachen würde, wenn Etty in der Gerichtsmedizin bliebe. Deswegen muss es jetzt schnell gehen.

Ach, plötzlich muss es schnell gehen?
Der Bestatter hat gesagt, dass er uns hilft.
Das will ich hoffen, sage ich.
Und wie findest du die Karte?, fragt Heide. Kann man das so machen, oder sieht das zu laienhaft aus?
Ich klebe immer noch am Datum fest. Überlege, wie das gehen soll. Aber was muss eigentlich gehen? Obwohl jemand tot ist, geht ja alles einfach trotzdem weiter, auch wenn man denkt, die Welt bleibt stehen. Sie bleibt nicht stehen. Die Wolken ziehen, die S-Bahnen fahren, der Regen regnet, alle Menschen atmen, nur dieser eine nicht.

Ich lese: *In unendlicher Trauer* und immer wieder Ettys Namen. Jetzt steht es schwarz auf weiß. Jetzt gibt es neben Geburts- und Todestag ein letztes Datum für Etty. Ein paar Zahlen, die feststehen, aber aus eisiger Materie sind. Mit einem Mal ist mir wahnsinnig kalt.

Ich finde sie nicht laienhaft, sage ich. Eine Grafikdesignerin hätte es auch nicht besser gemacht.

Heide nickt.

Also, sagt sie, ich würde sie per E-Mail verschicken, damit sie rechtzeitig ankommt. Allerdings erfahre ich heute erst, ob das mit dem Friedhof klappt. Heide ist in einer Art Organisationsmodus.

Der Bestatter war echt okay, sagt sie. Er kümmert sich eigentlich um alles. Aber ein paar Sachen müssen wir noch besorgen. Wasser und Kaffee und sowas.

Das mache ich, sage ich schnell, weil ich aufgenommen werden will in die neue Ebene. Es fühlt sich an, wie in ein Computerspiel-Level aufzusteigen. Weil es plötzlich etwas gibt, um das ich mich kümmern kann. Ich überlege mit, welche Kleider Etty anziehen möchte, am allerletzten Tag, an dem ihr Körper noch da sein wird, an dem wir ihn loslassen müssen und nur noch Bilder und Gefühle bleiben werden.

Warst du schon auf dem Friedhof?

Ja, sagt Heide, schon zwei Mal.

Sie schaut immer noch auf den Screen. Wahrscheinlich realisiert auch sie jetzt das Datum, das da vor sich hin leuchtet.

Ich würde ihn dir gerne zeigen, aber ich hab Angst, dass es dort doch nicht klappt und ich mich in der Zwischenzeit aber schon an den Ort gewöhnt habe, sagt sie.

Das kann ich verstehen. Steht denn noch ein anderer zur Wahl?

Ja, sagt Heide, aber einen anderen will ich nicht.

Dann kannst du ihn mir zeigen. Meine Großmutter sagt immer, dass man die Dinge herbeiwünschen muss. Als ich mich zum Beispiel mal für ein WG-Zimmer beworben habe, in das ich unbedingt einziehen wollte, meinte sie, ich solle immer wieder vor dem Haus entlanglaufen und mir vorstellen, wie es wäre, dort hineinzugehen. Am Ende hab ich das Zimmer bekommen.

Also gehen wir, und ich versuche Großmutters Rat zu befolgen. Ich speichere den Weg zu diesem Friedhof ab, als wäre er bald einer, den ich von nun an häufig gehen werde.

Aber meine Gedanken driften ab. Ich wünsche mir etwas anderes. Nämlich, dass Etty wieder aufersteht, kurz bevor wir sie bestatten. Dass die Erscheinung, die sie mittlerweile ist, wenn ich sie manchmal aus ihrem Zimmer kommen sehe und sie sich im Gehen ihren Hoodie über den Kopf zieht oder wenn sie mir entgegenläuft, auf der Wiener Straße, mit einer großen Flasche Cola in der Hand, dass diese Erscheinung lebendig wird, dass sie nicht mehr aus Luft besteht, sondern dass sie bleibt, einen Körper hat, den man spüren kann, wenn man ihn in die Arme nimmt.

Plötzlich habe ich ihren Duft in der Nase, ihr frisch gewaschenes, weiches Haar, das Waschmittel, das auch Heide für ihre Sachen benutzt, das an Etty aber ganz anders roch als an ihr. Ich wünsche mir, dass Etty lachend bei ihrer Beerdigung steht und sagt: Ach, Mama, der hat mich doch nicht umgebracht, ich habe ihm kräftig zwischen die Beine getreten und aus die Maus, hier bin ich. Ich wünsche mir, dass sie jetzt gerade hinter uns läuft, uns versucht einzuholen und fragt, wo wir denn hingingen.

Mit jedem Schritt versuche ich, diese Gedanken, die so kindisch sind, dass es mir peinlich wäre, wenn Heide sie erfahren würde, in die eigentliche Richtung zu lenken.

Woran könnte es denn scheitern, dass Etty auf diesem Friedhof beerdigt wird?, frage ich.

Es ist nur ein Platz frei, an dem aber schon eine andere Familie Interesse hat, sagt Heide. Sobald sie sich entschieden haben, bekomme ich Bescheid.

Ich versuche jetzt nicht an die andere Familie zu denken, daran, wen sie verloren hat, wie man so sagt.

Ich versuche auch nicht, an Großmutter und erst recht nicht an Großvater zu denken, während wir die ersten Schritte in diese Friedhofswelt setzen, in der man automatisch leise wird, sodass man sich selbst plötzlich sehr deutlich atmen hört, was man sonst nie tut, aber hier, auf dem Friedhof, wo alles ruht, wo nur die Vögel ungestört ihrem Tagwerk nachgehen, hier hört man plötzlich, dass man lebt, und kommt aus dem Takt, weil man ja sonst nie auf seinen Atem achtet und es deshalb so verdammt ungewohnt ist und man auf einmal das Gefühl hat, dass man viel zu schnell atmet oder zu unregelmäßig. Aber jeder Versuch, einen anderen Rhythmus herzustellen, scheitert, und man geht zwischen all diesen Steinen hindurch, liest die vielen Namen und Zahlen und erschrickt, weil da, wo Heide stehen bleibt, ein Baby beerdigt liegt. Es ist im gleichen Monat gestorben, in dem es geboren wurde, nur ein Jahr später. Heide steht mit dem Rücken zu diesem Babygrab und sagt: Hier ist es.

Ich zerre meinen Blick vom Babygrab weg und stelle mich neben Heide. Es ist irgendwie schön hier. Komisch, wie das funktioniert. Einfach nicht hinsehen, keine Fragen stellen, dann geht das schon, dann kann ich ganz und gar für Heide da sein. Und für Etty. Ich kann mich auf die Sache konzentrieren, wegen der wir hier sind, und so, wie Großmutter es gesagt hat, beim Wünschen helfen.

Der Friedhof ist viel schöner als der, auf dem Großvater begraben liegt. Keine Ahnung, woran es liegt. Er sieht ein bisschen wilder aus, weniger spießig. Er ist auch kleiner. Man hat das Gefühl, die Leute zu mögen, die hier unter der Erde liegen. Und die Leute, die an uns vorbeigehen, sehen aus wie die Leute, denen man auch sonst in Kreuzberg begegnet. Ich hab das Gefühl, dass man uns hier versteht.

Wir stehen da und schauen auf das Quadrat vor uns. Es sieht nicht aus wie ein Ort, an den man jemanden schicken möchte, den man liebt. Ein kleiner Fleck aufgewühlte Erde, mehr nicht.

Plötzlich kommt es mir komisch vor, dass man das Grab von oben und nicht von unten pflegt. Müsste es Etty nicht gut da *drinnen* haben? Sollten wir ihre Urne nicht in ein Loch setzen, das voll von Blumen ist, anstatt die Blumen obendrauf zu pflanzen?

Und, was denkst du?, fragt Heide.

Ich denke, dass es etwas eng werden könnte, wenn die Eltern des Babys einmal zeitgleich mit Heide kommen. Dann müssten sie leicht versetzt vor den Gräbern ihrer

Kinder stehen, wenn sie nicht wollen, dass sich ihre Rücken berühren. Aber das denke ich nur und sage es nicht. Ich sage auch nicht, dass es sich anfühlt, als würde in mir gerade der nächste Groschen fallen. Er macht beim Aufprall ein dumpfes Geräusch.

Ich erinnere mich daran, wie Heide drei Wochen vor Ettys Geburt aussah. Wie sie jammerte, dass diese Schwangerschaft doch bitte bald beendet sein solle, sie könne nicht mehr, sie halte es nicht mehr aus, es sei wirklich echt genug. Eigentlich ist es jetzt ähnlich. Dieser Schwebezustand, aufgeladen mit Liebe, unterfüttert mit Hilflosigkeit. Und wieder geht es dabei um Heides Kind und um den Zustand, in dem sich Heide wegen dieses Kindes befindet. Vielleicht hätte Heide wirklich andere Möglichkeiten, wenn sie Etty hier besuchen könnte. Wenn endlich ein Ort für sie gefunden wäre. Wenn sie nicht mehr auf diesem kalten Metalltisch läge, sondern ein neues Zuhause bekäme, wo wir es ihr schön machen, sie trösten könnten, oder uns.

Ich mag diesen Platz, sage ich und fasse den Baum an, der neben uns steht. Es soll Menschen geben, die Bäume umarmen. Ich habe vergessen, warum. Jedenfalls liegt meine Hand jetzt auf der Rinde dieses Baums. Erst streichle ich ihn, dann lehne ich mich dagegen. Er bleibt stehen. Er wirkt stabil. Ein guter Aufpasser für Etty, denke ich.

Das wird schon klappen, sage ich, und Heide nickt.

Ich merke, dass mir ein bisschen schwindelig ist.

Seitlich vom Babygrab steht eine Bank. Ich frage, ob wir uns setzen wollen. Ich glaube, ich habe zu wenig getrunken. Oder gar nichts getrunken. Ich kann mich nicht daran erinnern, wann ich das letzte Mal etwas getrunken habe. Heide scheint es nicht so zu gehen.

Sie bekommt einen ganz schlichten Stein, sagt sie.

Ich bleibe also stehen und versuche mir vorzustellen, wie Ettys Grab aussehen wird. Ich stelle mir den schlichten Stein vor und vor allem Ettys Namen darauf.

Heide wollte schon immer eine oder einen Etty haben. Schon lange bevor sie schwanger war, wusste ich, dass ihr Kind, sollte sie eines bekommen, Etty heißen würde. Ich erinnere mich daran, dass ich sie fragte, ob man Jungen jetzt auch Mädchennamen geben dürfe.

Das ist mir total wurscht, hatte Heide geantwortet. Und wenn dem so ist, muss es eben ein Mädchen werden. Oder einfach ein Mensch. Etty war schon lange da, bevor sie ein Gesicht hatte.

Was bedeutet der Name denn?, fragte ich Heide damals.

Sie sagte, er habe verschiedene Bedeutungen, je nach Land. In Persien bedeute Etty zum Beispiel *Stern*, in Frankreich *Wächter des Herzens*.

Ach, Etty, sage ich im selben Moment, in dem Heides Handy klingelt.

Ich sehe sie deutlich, wie sie, mit in die Hüften gestemmten Armen, vor der Pforte unserer Herzen steht und allen, die uns etwas Böses anhaben wollen, den Weg versperrt.

Hallo? Ja, das bin ich, sagt Heide. Ich bin gerade da. Ja, das wäre schön. Gut, das freut mich. Danke. Auf Wiedersehen.

Klappt es?, frage ich.

Es klappt, sagt Heide.

Am liebsten würde ich auf der Stelle Großmutter anrufen und ihr für ihre weisen Ratschläge danken. Stattdessen nehme ich Heide in den Arm und ziehe sie beim Einatmen fast in mich hinein.

Ich muss mich anstrengen, um zu verstehen, was sie in meine Schulter murmelt: Lass uns zurückgehen und die Einladungen verschicken.

Weißt du, sagt sie, als wir durch das Tor gehen, am liebsten würde ich die Einladungen gar nicht verschicken.

Dann mach es nicht, sage ich.

Heide schweigt eine Weile. Dann sagt sie: Es überfordert mich einfach, dass ich jetzt entscheiden muss, wer von diesem Termin erfährt und wer nicht. Ich meine, Etty hat doch jeden Tag jemand anderen gemocht, und von den ganzen Namen aus der Schule habe ich mir nur die gemerkt, von denen sie entweder mehrmals erzählt hat oder die besonders fies oder besonders nett zu ihr waren. Ich weiß nicht, wen sie gern dabeihaben würde. Aber wenn ich die Einladung auch an die Schule verschicke, dann habe ich keinen Einfluss darauf, wer kommt. Ich wünschte, die Entscheidung, wer von der Beisetzung erfährt, läge nicht in meiner Hand.

Letztendlich entscheidest du ja nichts, sage ich. Du informierst die Leute nur. Die Entscheidung, ob und warum sie kommen, müssen sie selbst treffen. So hart es auch ist, trauern die Menschen sehr unterschiedlich. Manchen, von denen du dachtest, sie würden garantiert nicht erscheinen, wird es sehr wichtig sein zu kommen. Und andere, von denen du dir wünschen würdest, dass sie kommen, werden es vielleicht nicht tun. Das muss man alles akzeptieren.

Heide atmet hörbar aus. Ich hoffe, dass es ein Batzen der Überforderung ist, den sie da fahren lässt.

Mach dir keinen Stress, sage ich und lege meinen Arm um ihre Schulter.

Ja, du hast schon recht, sagt Heide. Ich bin ja keine übermächtige Instanz.

Als wir vor Heides Laptop ankommen, leuchtet die digitale Einladung noch immer, wie eine Mahnung, so, als hätten wir sie vergessen können.

Wir setzen uns davor und die Adressen in der Empfängerzeile summieren sich. Familienangehörige, Freundinnen und Freunde. Und dann ist da diese eine einzige Adresse, bei der man nicht absehen kann, wie viele Menschen am Ende erscheinen werden. Der Verteiler von Ettys Schule. Hunderte Kinder, plus minus deren Lehrerinnen und Eltern. Aber Heide hat jetzt keine Zweifel mehr. Sie tippt sie ins Adressfeld hinein, liest nochmal alle Mailadressen laut vor, während ich sie auf dem Zettel abhake, und dann klickt sie auf *Senden*.

Kurz darauf kommt Sophie, deren Postfach in dem Moment auch eine Nachricht erhalten müsste.

Ich warte ab, worüber Heide jetzt reden möchte. Aber die Einladung, die immer noch auf dem Bildschirm leuchtet, bestimmt das Thema.

Ich hab jetzt alle eingeladen, sagt Heide. Kann also sein, dass es voll wird.

Na, da bin ich ja mal gespannt, sagt Sophie. Denn nur weil du sie alle einlädst, heißt das ja nicht, dass sie auch alle kommen werden.

Absurd, denke ich. Es scheint, als wäre Sophie bei unserem Gespräch dabei gewesen.

Also, sorry, wenn das irgendwie hart klingt, sagt Sophie jetzt, ich finde nur, dass dein Telefon auffallend selten klingelt.

Da muss ich ihr recht geben. Wenn auch nur durch ein Nicken.

Irgendwie sind doch ziemlich wenig Menschen in der Lage zu trauern, oder?, fragt sie.

Vielleicht trauern sie lieber allein, antworte ich, während Heide mit dem Cursor das Datum der Beerdigung umkreist.

Trauern ist vielleicht das falsche Wort, sagt Sophie. Ich meine eher, dass die wenigsten Leute in der Lage sind, für andere da zu sein. Ich habe mal gelesen, dass nur eine minimale Anzahl von Menschen wenigstens ihr Beileid bekunden kann. Die meisten schweigen einfach. Und ich meine, wie groß war unser Freundeskreis, bevor das alles passiert ist?

Größer, murmelt Heide.

Ja, das ist schon arg, oder?, sagt Sophie, regelrecht aufgebracht.

Keine Ahnung, sagt Heide, ich kann es den Leuten nicht verübeln.

Aber warum nicht?, fragt Sophie.

Weil ich auch nicht weiß, wie es mir an deren Stelle ginge.

Na, das kann ich dir aber sagen, echauffiert sich Sophie. Du würdest jeden Tag mit ner heißen Suppe vor der Tür stehen, so wie du es gemacht hast, als ich mit der fetten Grippe alleine zuhause lag. Und du würdest immer wieder anrufen und fragen, ob alles okay sei, ob ich was aus der Apotheke bräuchte oder so. Ich weiß es, ich kenne dich!

Ja, kann schon sein. Aber vielleicht hätte die Person gar nicht das Bedürfnis nach mir und meiner heißen Suppe.

Aber das ist doch scheißegal! Dieses Melde-dich-wenn-du-etwas-brauchst-Geschwätz können sich die Leute in den Arsch schieben! Darauf kommt nie jemand zurück. Entweder man bringt was vorbei, von dem man denkt, dass der andere es brauchen könnte, oder man lässt es bleiben. Alles andere ist einfach Unsinn in so einer Situation.

Sophie ist wirklich wütend. Ich will sie irgendwie besänftigen, deswegen sage ich: Also, mir hilft es ehrlich gesagt auch selbst, mit euch Zeit zu verbringen.

Ja, eben, sagt Sophie, so geht's mir auch. Aber was denken sich die anderen? Dass es nur bestimmte Menschen gibt, die das können? Die Experten sind in Anteilnahme? Die prädestiniert dafür sind, sich mit Trauer und Schmerz zu beschäftigen? Und denen überlassen sie dann das Feld?

Sophie lässt sich nicht besänftigen.

Wahrscheinlich kommt das noch von der Kirche, sagt Heide, als man alles den Pfarrern und Seelsorgern überlassen hat.

Wobei sich die Leute in den Dörfern schon auch um ihre Nachbarn gekümmert haben, wende ich ein.

Das stimmt, sagt Sophie, und wahrscheinlich ist das bis heute so.

Eigentlich geht es ja schon los, wenn jemand krank ist, sagt Heide. Da drehen sich auch alle weg und sind überfordert.

Ich frage mich immer, ob diese Leute nicht mega Angst davor haben, selbst mal krank zu werden. Weil, wie man in den Wald hineinruft, ruft es ja wieder heraus, wie man so schön sagt.

Nee, sagt Sophie, das ist ja das Krasse. Häufig kriegen doch die größten Arschlöcher am Ende die meiste Aufmerksamkeit.

Heide hat jetzt circa hundert Mal das Datum auf dem Bildschirm eingekreist. Ich lege meine Hand auf ihre. Sie ist tatsächlich in einem komischen Zustand, aus dem ich sie jetzt befreie. Sie erschrickt nicht, hört aber mit einem Mal auf, den Cursor zu bewegen, und lächelt mich beinahe dankbar an. Dabei bin ich ebenfalls dankbar. Dafür, dass immerhin wir uns haben.

Während ich die beiden umarme, stelle ich mir vor, wie es wäre, niemanden zum Umarmen zu haben. Und prompt als ich sie loslasse, wird mir schrecklich kalt. Die Kälte krabbelt mir wie eine Spinne über die Haut, während ich die Treppen nach unten steige und raus auf die Straße gehe.

Es würde mich nicht wundern, wenn jetzt Nebel aufstiege oder ein ohrenbetäubender Alarm losginge. Ich wäre sogar froh darüber. Es würde der Realität mehr entsprechen, als darüber hinwegzugehen, wie scheiße es hier aussieht, so zu tun, als wäre das alles normal.

Zum Beispiel diese Ratte, die gerade in ein Loch in der Häuserwand schlüpft. Ein paar Schritte weiter: eine Krähe, deren Kopf in einer Chipstüte steckt.

Und zwischendrin lauter Menschen, die durch den Dunst von Bratfett laufen und sich über den Service der Lokale beschweren, aus denen dieser Gestank dringt.

Die Leute tragen ihre Telefone spazieren. Sie halten sie wie eine Scheibe Knäckebrot vor den Mund und sprechen Dinge hinein wie: Haha, du Opfer!

Ey, du bist total am Arsch, Alta!

Schick mir mal ne Stecknadel, sonst find ich den scheiß Club nie.

Auf der Straße torkelt ein Verstrahlter, der vermutlich seit achtundvierzig Stunden wach ist und nicht mehr weiß, wo er wohnt. Er steht lachend in der Mitte der Fahrbahn, und wenn ein Auto kommt, dreht er sich unkoordiniert im Kreis. Aber die Flasche in seiner Hand, die hält er fest. Er winkt den Autos damit hinterher. Nie würde er die Flasche loslassen. Seine Hand ist wie eine Kralle. Wenn ihn jetzt ein Auto überfahren würde – man müsste ihn mit der Flasche in der Hand in den Krankenwagen schieben.

Egal, wohin ich laufe oder wie weit – der nächste Irrsinn ist gewiss. Ich sehe einen Menschen, der in Kaffeebohnenschritten läuft, weil seine Hose bis zu den Füßen gerutscht ist. Er schleift sie mit und schaut alle paar Meter zwischen seine Schuhe, zu dem selbst verursachten Hindernis. Er bückt sich kurz, aber seine Hand reicht nur bis auf Kniehöhe, also tippelt er weiter und murmelt vor sich hin.

Es ist so hässlich hier. Ich will woandershin.

Wie gut, dass es dieses Haus gibt, in dessen Tür mein Schlüssel passt. Ich stecke ihn ins Schloss. Es ist immer noch dieselbe Tür, aber sie wiegt jetzt zehn Kilo mehr. Ich muss mich mit voller Kraft dagegenstemmen, um sie aufzudrücken. Das Holz ist noch zersplittert, aber das Schloss ist neu. Ich gehe ins Haus, lasse die Tür los und sehe zu, wie sie in Zeitlupe ihr Ziel anstrebt. Ich warte, zähle innerlich mit. Bei neunzig ist sie endlich zu, was ich sicherheitshalber nochmal überprüfe. Ich ziehe kräftig daran, aber sie bleibt im Schloss. Immerhin, das hat der Handwerker hingekriegt.

Die Stufen zu meiner Wohnung scheinen mehr geworden zu sein. Es kommt mir so vor, als hätte man in meiner Abwesenheit ein Stockwerk obendrauf gebaut. Mein Stockwerk. Es will und will einfach nicht erscheinen. Ich überlege, ob ich schon daran vorbeigelaufen bin. Aber das kann ja nicht sein, ich wohne doch ganz oben.

Mir ist schon wieder schwindelig, als ich endlich ankomme. Ich gehe direkt in die Küche, obwohl ich weder Hunger noch Durst habe. Eigentlich weiß ich grundsätzlich nicht, wohin in dieser Wohnung. Sie ist wie ein unaufgeräumtes Hotelzimmer, in das man nur zum Schlafen kommt. Ich will aber nicht schlafen. Ich würde hier gern mal etwas anderes tun. Ich überlege, die Kisten auszupacken, aber dafür müsste ich zunächst die Regale aufbauen, und dort, wo sie hinsollen, gibt's noch kein Licht.

Also stelle ich mich ans Fenster und sehe rüber zum Altenpflegeheim. Bei dem Mann gegenüber brennt wie immer Licht. Aber er ist tot. Er liegt mit dem Kopf auf dem Tisch und rührt sich nicht. Er trägt eine blaue Jacke. Das Zimmer ist hell erleuchtet. Aber der Fernseher ist aus. Ich gehe ins Schlafzimmer, um aus einem anderen Winkel in sein Zimmer sehen zu können, aber von dort aus ist das Fensterkreuz im Weg. Ich gehe zurück in die Küche. Da ist er wieder. Er sitzt unverändert und rührt sich nicht. Kopfüber auf der Tischplatte.

In Ermangelung eines Gebets summe ich *Der Mond ist aufgegangen*.

Ich überlege, wie das abläuft. Wenn ich jetzt nichts mache, nimmt die Sache einfach ihren Lauf – das übliche Procedere in einem Altenpflegeheim. Am Morgen käme eine Pflegerin und würde den Tod feststellen, dann ein Arzt und ein Bestatter – Ende.

Es ist jetzt kurz nach zehn. Vielleicht wäre ihm noch zu helfen.

Sicher wäre es unterlassene Hilfeleistung, wenn ich nicht hinüberginge oder wenigstens anriefe, um ihnen zu sagen, was passiert ist.

Ich dreh mich einmal um, öffne den Kühlschrank, aber es ist nichts drin. Drehe mich zurück zum Fenster, sehe rüber. Aber nichts hat sich verändert. Ich kann es deutlich erkennen, er atmet nicht mehr. Der Kopf liegt einfach auf dem Tisch und die blaue Jacke hängt über seinen toten Schultern. Ich wende den Blick nicht ab, greife nach dem Handy in meiner Hosentasche, aber genau in diesem Moment rollt der Mann ins Zimmer hinein. Er trägt wieder sein Feinrippunterhemd und stößt sich mit den Füßen voran in Richtung Tisch. Er greift nach der blauen Jacke, wodurch die Leiche in sich zusammenfällt. Was auch immer der Kopf war, ist jetzt eine Schüssel oder ein Blumentopf.

Der Mann zieht sich die Jacke an. Jetzt sitzt niemand mehr am Tisch. Weder tot noch lebendig. Es gibt nur eine Person in dem Raum und das ist der Mann im Rollstuhl.

Ich summe noch einmal *Der Mond ist aufgegangen*. Flüsternd. Wie ein Schlaflied. *So sind wohl manche Sachen, die wir getrost belachen, weil unsre Augen sie nicht sehn.*

Der Mann zieht die blaue Jacke wieder aus und hängt sie zurück auf den Stuhl. Ich muss mich konzentrieren, dass dadurch nicht wieder die Leiche entsteht. Er schiebt sich zum Bett, robbt hinein, greift nach einem Stock, den er nach vorne streckt, und dann geht das Licht aus.

Happy End. Morgen wird er erwachen, zurück in seinen Rollstuhl steigen und sich seine blaue Jacke anziehen.

Ich bin erschöpft. Davon, dass vor meinen Augen jeder zu sterben scheint. Alle, denen ich begegne, sind plötzlich schwer verletzbare Wesen. Mit zwei Händen kann man sie kaputt machen. Oder, so wie ich, mit einem schrägen Blick.

Das Aufwachgefühl hat sich noch immer nicht verändert. Es ist nicht mehr das, was ich kenne. Ich fühle mich nicht, als hätte ich geschlafen. Ich bin eine Maschine mit einem menschlichen Gesicht. Ich ticke von innen. Mein Herz ist ein Zahnrad. Von außen sehe ich genauso aus wie immer, aber in der Brust ist es glühend heiß. Von dort aus wandert die Hitze nach oben, durch den Hals, der vom Weinen ganz dick ist, und dann noch höher, bis in den Kopf, der sich wie ein Topf anfühlt, in dem die Tränen sprudelnd kochen.

Tränen fließen anstelle von Blut durch meine Adern. Manchmal laufen sie hinaus, ohne dass ich sagen könnte, warum. Ich bilde mir ein, gerade eben mal nicht an Etty gedacht zu haben, aber entweder stimmt es nicht oder meinem Tränenkanal fehlt jetzt eine Art Schließmuskel. Vielleicht, weil der Kanal einmal zu lang geöffnet war und jetzt undicht ist.

Ich muss an diese Weisheit von nomadischen Indigenen denken, dass die Seele beim Reisen Zeit brauche, um nachzukommen. Theoretisch müsste mich meine Seele längst eingeholt haben, aber es fühlt sich sehr leer an in mir, als läge meine Seele noch in Großmutters Wohnzimmer oder auf Heides Tisch oder auf der Autobahn.

Ich schaufele mir kaltes klares Wasser ins Gesicht. Damit es seine Wirkung entfalten kann, mache ich den Song an. Ich muss ihn sehr laut stellen, damit es funktioniert. *Kaltes, kaltes, kaltes klares Wasser. Kaltes, kaltes, kaltes klares Wasser.*

Spätestens jetzt dürften die Nachbarn wissen, dass hier jemand wohnt. Oder sie sind alle arbeiten, gehen ihren Leben nach und verdienen das Geld, mit dem sie via Onlinebanking ihre Fixkosten überweisen und nach Feierabend in den Supermarkt gehen.

Als es Etty noch gab, waren meine Zweifel am Kapitalismus deutlich geringer. Zumindest weniger präsent. Keinen Chef zu haben hat mir als Lebensentwurf immer ausgereicht. Mittlerweile krankt das gesamte System vor meinen Augen.

Wofür bezahle ich zum Beispiel meine Steuern? Was bleibt davon nach Krieg und Verbrechen noch übrig? Für Präventionsarbeit und Therapien für Straftäter? Für ein ernsthaftes Bemühen um Strukturveränderungen? Für Investitionen in die Sicherheit von Frauen? Ich lese nichts davon. Ich lese: *Noch immer keine Spur zu Mörder von vierzehnjähriger Schülerin. MoKo ermittelt.*

Aus meinem Kopf wird gleich Dampf aufsteigen. Ich spüre, wie sich Bläschen bilden, wie es in mir zu kochen beginnt. Ich gehe zurück ins Bad und halte den Kopf unters Wasser.

Wieder ist es Lara, die mich aus dieser Situation reißt. Es ist, als hätte sie ein Gespür für meine seelischen Zustände. Ich schalte die Anlage aus und gehe ans Telefon.

Wo geht's diesmal hin?, frage ich.

Nach Sachsen.
Wieder so spontan wie letztes Mal?
Ganz genau, sagt Lara.
Also gut.

Gedanklich überschlage ich, wie hoch die Rechnung sein wird, die ich am Ende des Monats stellen kann. Die Miete für die nächsten drei Monate ist auf jeden Fall schon mal im Kasten. Das ist beruhigend, auch wenn ich die Wohnung eigentlich gar nicht mag.

Übrigens, sagt sie, das Video von Olaf war der Knaller. Alle haben es geliebt. Voll süß, mit der kleinen Katze. Ich wäre vielleicht noch ein bisschen auf seine Liebe zu Tieren eingegangen, aber ansonsten wirklich gute Arbeit!

Früher hätte ich Lara die ganze Hintergrundgeschichte erzählt. Ich weiß, dass sie sie lustig finden würde. Heute bin ich einfach nur müde und hab das Gefühl, dass es wichtigere Themen gibt, für die man Worte formulieren sollte.

Also bedanke ich mich brav und verabschiede mich.
Mach's gut, sagt Lara.

Schon wieder nehme ich in ihrem Ton etwas eigenartig Mütterliches wahr. Vielleicht wünsche ich es mir aber auch nur. Menschen, die man schon lange kennt, unterstellt man gerne mal empathische Fähigkeiten.

Aber ich weiß genau, dass die Beziehung zwischen Lara und mir nur deshalb so gut funktioniert, weil wir immer professionell geblieben sind. An all den Abenden, die wir zusammen in Hotels, in Bars, auf Veranstaltungen verbracht haben, haben wir nie ein persönliches Wort miteinander gesprochen. Lara ist die beste Partybegleitung. Sie hat immer hervorragende Laune und Bock auf gutes Essen. Aber letztendlich scheint sie ein einsamer Mensch zu sein. Sie hat keine Beziehung, sie hat eine Firma. Sie hat keine Großmutter und keine beste Freundin. Aber vielleicht denkt sie das Gleiche von mir. Woher soll man von Dingen wissen, über die man nicht spricht?

An der Ampel scrolle ich durch die Personenbeschreibung von Matthias. Aufgeschlossener Jungbauer mit Ferkelaufzuchtstation. Sogleich fährt mir der Geruch von einem Schweinestall in die Nase.

An der nächsten Ampel lese ich: abenteuerlicher, humorvoller, warmherziger Typ, der seiner Traumfrau die Sterne vom Himmel holen will.

Na dann viel Spaß, denke ich. Da kannst du dich auf der Leiter einreihen, auf der schon all die anderen Typen mit dem gleichen Ziel stehen.

Ich frage mich, was diese bescheuerten Sterne eigentlich bedeuten sollen. Was genau ist denn die Unmöglichkeit, die Männer in ihrer Vorstellung für eine Frau möglich machen wollen? Hat eine Frau jemals einen Wunsch geäußert, der so absurd war, dass der Mann dennoch gesagt hat: Klar, Schatz, ich werde es zwar nicht schaffen, aber versuchen will ich es trotzdem, denn für dich tue ich einfach alles?

Solche Fragen würden mich interessieren! Aber auch Matthias werde ich sie nicht stellen dürfen. Obwohl dabei bestimmt endlich mal ein Video herauskäme, das *mich* interessieren würde.

Meine Gedanken fahren mich bis nach Sachsen. Nur noch acht Minuten, sagt das Navigationsgerät. Und die Deutschlandfahnen, die hier in jedem zweiten Garten wehen, sagen, dass Heide und ich nicht hierher wollen.

Auf Matthias' Hof weht keine Deutschlandfahne. Er kehrt die Auffahrt, in die ich einbiege, und grinst, als er auf das Berliner Kennzeichen schaut. Dann hebt er den Kopf, winkt mir zu und deutet auf einen eingezeichneten Parkplatz. Das erinnert mich eher an einen Baumarkt als an einen Bauernhof.

Du hättest nicht extra für mich sauber machen müssen, sage ich, als ich aussteige und seine raue Hand schüttele.
Und ob, sagt er. Wenn hoher Besuch kommt, gehört sich das so.
Hoher Besuch bin ich also, na dann.
Er wippt die ganze Zeit, nach oben und unten, und fragt, ob er mir etwas abnehmen könne. Ich drücke ihm das Stativ in die Hand und folge ihm über weiße Kieselsteine hinein ins Haus.
Ja, sagt er, das ist mein bescheidenes Heim.
Ich habe schon alles Mögliche gesehen. Urige Bauernküchen, in denen man historische Filme hätte drehen können, verwahrloste Häuser und Scheunen, inklusive verwahrloster Tiere, Jagdtrophäen an den Wänden oder stapelweise Zeitungen und Pizzakartons, aber so ein Haus wie das hier sehe ich heute zum ersten Mal.
Matthias' Haus ist nicht von 1783. Es ist ein Neubau und riesengroß. Wir stehen in einer Art Empfangshalle, die mit weißem Marmor ausgelegt ist. Eine Treppe, ebenfalls aus Marmor, führt in die obere Etage. Alles blitzt und strahlt wie bei *Meister Proper*. Überall brennt Licht, obwohl es draußen hell ist. Kein Krümel liegt herum. Das einzige Geräusch, das ich höre, erzeugt der Staubsaugerroboter, der gerade hinter Matthias vorbeifährt.
Wenn er nicht bei *Möbel Höfner* eingekauft hätte, wäre er mit seinem Haus vielleicht in eine Architekturzeitschrift gekommen. Aber so interessiert sich nur *Bauer sucht Frau* für ihn und seinen Prunkkasten.
Er führt mich stolz herum und fragt, was ich trinken wolle.

Meine Kaffeemaschine macht den besten Kaffee, den ich kenne, sagt er.

Während ich aus dem offenen Wohnzimmer den Geräuschen der Maschine zuhöre, schlendere ich durch den Raum, der nur mit einem fünf Meter großen Fernseher und einem ebenso großen Sofa eingerichtet ist. Im Sideboard, über dem der Fernseher hängt, sind an die dreißig DVDs aufgereiht. Aus purer Langeweile beuge ich mich nach vorn und stelle fest, dass Matthias Pornokonsument ist. Es gibt keinen einzigen Spiel- oder Trickfilm in diesem Regal.

Da ich die Kamera noch nicht ausgepackt habe, mache ich mit dem Handy ein Foto von der Pornosammlung und schicke es mit einem Fragezeichen an Lara.

Als Matthias mit dem Kaffee kommt, antwortet sie mit einem Augenverdreh-Emoji, aber leider schreibt sie nichts von *Abbruch*.

Der Kaffee schmeckt tatsächlich gut.

Matthias wippt immer noch. Wir stehen vor seinem überdimensionalen Fernsehapparat und er fragt mich, ob das, was er anhat, okay sei für den Dreh.

Ich schaue an ihm hinunter. Er trägt dunkelblaue Jeans und ein weinrotes Hemd, das er bis zum vorletzten Knopf zugemacht hat. Ein bisschen spießig, denke ich, aber es passt gut zu seinem Haus.

Ja, ich finde, das sieht super aus.

Schön, antwortet er wippend. Und wie machen wir das jetzt?

Ich kippe den Kaffee hinunter und öffne die Tontasche.

Erstmal verkabeln wir dich, sage ich und reiche ihm das Mikrofon.

Okay, sagt er und zieht das Kabel umständlich unter dem Hemd durch.

Du sagst Bescheid, wenn die Aufnahme läuft, oder?, fragt er. Nicht, dass ich irgendwas Peinliches sage, ohne zu wissen, dass ich auf Sendung bin.

Ich kann mir zwar nichts Peinlicheres als seine Pornosammlung vorstellen, aber natürlich beruhige ich ihn und kann mir dabei kaum zuhören.

Als die Kamera startklar ist, lasse ich Matthias einmal an seinem Staubsaugerroboter vorbei die Marmortreppe hinaufgehen. Oben am Geländer soll er stehen bleiben und von dort aus seiner Traumfrau etwas sagen.

Aber was soll ich denn sagen?, fragt er, als er angekommen ist.

Keine Ahnung, was würdest du ihr denn gern sagen?

Er wippt und wippt, zieht dann die Schultern nach oben und lässt sie wieder fallen.

Sag doch sowas wie: Das ist mein bescheidenes Heim. Genug Platz für dich ist hier vorhanden.

Er wippt weiter. Er sieht aus wie die Jungs in der Schule, die man von hinten nicht unterscheiden konnte, weil sie alle den gleichen *Eastpak*-Rucksack trugen und mit dem gleichen Gang zur Schule liefen. Es sah aus, als hätten sie Sprungfedern unter den Sohlen.

Oder ich sage, dass ich sie diese Treppe hinauftragen werde.

Kannst du machen, antworte ich, aber das klingt so, als würdest du sie gleich heiraten wollen.

Ach so, sagt er, und das ist nicht so gut?

Na ja, sage ich, klar suchst du eine Frau, die du möglicherweise irgendwann auch heiraten wirst, aber fürs erste Kennenlernen wäre es vielleicht besser, wenn du dich erstmal nur vorstellst.

Ja, stimmt, sagt er, okay, also, ich bin der Matthias und das ist mein ... mein Haus.

Na gut, so kann man es natürlich auch machen.

War das nicht gut?, fragt er.

Doch, sage ich, das ist super. Dann gehe ich einfach mit jedem Bild näher an dich ran.

Er versteht nicht, was ich meine. Das kann ich ihm nicht verübeln. Das ist es, was ich Lara immer wieder versucht habe zu erklären. Kamera, Ton und Regie von nur einer Person machen zu lassen, ist nicht nur für mich überfordernd, sondern auch für die Bauern.

Also pass auf, sage ich. Du sagst diesen Satz jetzt nochmal, allerdings ohne *also* am Anfang, und dann kommst du die Treppe heruntergelaufen, okay?

Okay, sagt er, also, ich bin der Matthias und das ist mein Haus.

Noch während er *Haus* sagt, dreht er sich zur Seite und läuft in seinem Wippgang los.

Stopp, rufe ich.

Er schaut mich erschrocken an.

Keine Sorge, sage ich, das war wirklich prima, nur hast du wieder *also* gesagt. Ich würde das gern als Anfang für das Video nehmen und da eignet sich ein *Also* leider nicht. Sag doch einfach: Hallo, ich bin Matthias und das ist mein Haus, okay?

Okay, sagt er. Also hallo, ich bin der Matthias und das ist mein Haus.

Okay, *also* ist also sein verdammtes Lieblingswort. Ich frage mich, ob er es selbst bemerkt hat, weil er dieses Mal nicht losgelaufen ist, um die Treppe hinunterzugehen. Aber er schaut mich fragend an und sagt: Gut so?

Ich überlege, ihm zu erklären, dass ich das *Also* auf der Tonspur zwar wegschneiden kann, man im Bild jedoch seine Lippenbewegung sehen würde, entscheide mich aber dagegen.

Ich würde vorschlagen, wir proben das jetzt einmal. Kannst du mir kurz nachsprechen: Hallo, ich bin Matthias.

Hallo, ich bin Matthias, antwortet er, wobei er es wie eine Frage klingen lässt.

Super, sage ich. Nochmal: Hallo, ich bin Matthias und das ist mein Haus.

Hallo, ich bin Matthias und das ist mein Haus.

Wunderbar.

Ich drücke auf Record und sage nochmal: Hallo, ich bin Matthias und das ist mein Haus.

Hallo, ich bin Matthias und das ist mein Haus, sagt Matthias.

Großartig, da haben wir's. Und jetzt kommst du die Treppe herunter.

Aber anstatt die Treppe herunterzukommen, sagt er wieder:

Okay, also, ich bin Matthias und das ist mein Haus.

Stopp, rufe ich und wieder sieht er mich erschrocken an.

Pass auf, sage ich. Stell dich einfach nochmal kurz dorthin, wo du gerade warst, lächle einmal in die Kamera und dann kommst du die Treppe herunter.

Ich wusste nicht, dass das so schwierig ist, sagt er.

Ich schon, denke ich.

Jetzt lächelt er, dreht sich zur Seite und wippt die Treppe herunter.

Super, sage ich. Das ist richtig schön.

Ja, wirklich?, fragt er. Und ich ärgere mich, dass ich dieses Lächeln von ihm gerade nicht aufnehme.

Ich schlage vor, erstmal bei den Schweinen weiterzumachen. Matthias dreht sich um und öffnet einen weißen Einbauschrank, in dem dezentes Licht angeht.

Dann hole ich mal meine Sachen raus, sagt er.

Was für Sachen?

Na, die Sachen für den Stall.

Ach so, können wir da nicht einfach so rein?

Na ja, sagt er, aber das mache ich sonst eigentlich nie. Und ich dachte, du willst, dass es echt aussieht.

Ich überlege, ob er sich ernsthaft jeden Tag mehrmals umzieht, um im Haus ein Hemd zu tragen und im Stall einen Blaumann, aber es interessiert mich nicht genug, um danach zu fragen.

Ein paar Ausnahmen dürfen wir schon machen, sage ich.

Na gut, sagt Matthias.

Wir gehen also in den Stall, in dem es genauso stinkt, wie ich es in Erinnerung hatte. Abgesehen davon, dass es wahnsinnig heiß ist und die Ferkel für meinen Geschmack zu wenig Platz in ihren Bereichen haben, ist es hier genauso sauber wie in Matthias' Haus.

Matthias läuft durch den Gang, woraufhin die Tiere einen ziemlichen Lärm losschlagen. Ich halte die Kamera drauf, in der Hoffnung, ein paar spontane Bilder von Matthias zu bekommen, aber nach ein paar Schritten bleibt er einfach stehen und dreht sich fragend zu mir um. Er streichelt keins der Schweine, redet nicht einmal mit ihnen.

Weil ich nichts sage, erklärt er mir, dass er sie hier mästet, bevor er sie weiterverkauft.

Ich höre Lara in mir sagen: Lass ihn ein kleines Schwein auf den Arm nehmen, das wäre ein super Bild. Also bitte ich ihn darum.

Nee, sagt Matthias, nicht mit dem Hemd!

Okay, und wie wär's, wenn du dich hinhockst und eins streichelst?

Er geht widerwillig in die Hocke und legt seine Hand auf das niedrige Gatter. Alle Schweine, denen es möglich ist, schlecken und knabbern jetzt daran, aber Matthias guckt eher angewidert.

Trotzdem frage ich ihn, ob er seine Tiere liebe.

Natürlich, sagt er jetzt. Aber es ist nicht so eine Liebe wie zu einem Hund oder einer Katze. Die Schweine bleiben ja nicht lange bei mir.

Ich sehe, dass sich jetzt ein dunkles Schwein durch die Menge nach vorne schiebt und es bis zur Hand von Matthias schafft.

Hast du unter diesen hier gerade ein Lieblingsschwein?, frage ich.

Nö, sagt er, die sind alle gleich gut.

Das wird nix, denke ich und würde am liebsten sofort abbrechen. Aber ich frage ihn, ob es irgendetwas gibt, was er in diesen Klamotten jetzt machen könnte.

Nee, sagt er. Mit Hemd im Stall kann man nix machen.

Okay, sage ich, dann filme ich dich einfach nochmal ein bisschen aus der Ferne. Fühl dich ganz frei. Du kannst noch eine Weile hocken bleiben, aufstehen, herumlaufen, mit den Tieren reden oder sie streicheln, ganz wie du magst.

Okay, sagt Matthias.

Ich raffe meinen Kram zusammen und gehe zurück zur Tür. Es fällt schwer zu atmen in diesem Raum, wegen der Hitze durch die Rotlichtlampen, und der Geruch beißt in der Nase.

Als ich mich wieder umdrehe, hockt Matthias immer noch an derselben Stelle und starrt auf den Boden.

Ich richte das Stativ aus, drücke auf Record und warte. Aber Matthias rührt sich nicht. Ich warte weiter, um ihn nicht zu verunsichern, immerhin habe ich ja gesagt, dass er machen kann, was er will. Aber wenn er gar nichts macht, ist das natürlich blöd.

Matthias?, rufe ich.

Ja?, ruft er zurück. Es zerrt in meinem Kopfhörer. Ich drehe sofort leiser.

Magst du mal aufstehen und einfach auf mich zulaufen?, schlage ich der Einfachheit halber vor.

Er antwortet nicht. Ich frage mich, ob das Mikro Schaden genommen hat, und drehe wieder etwas lauter. Ich warte noch einen Moment, aber er rührt sich nicht.

Alles okay?, frage ich. Vielleicht wird ihm hier drinnen genauso schwummerig wie mir, was zwar komisch wäre, weil er es ja gewohnt sein müsste, aber was weiß ich.

Jetzt ruft er plötzlich, ob ich mich mal kurz umdrehen könne.

Äh, denke ich, was hat er denn vor?

Umdrehen?, rufe ich.

Ja, oder halt dir mal die Augen zu!

Okay, erste Erkenntnis: Das Mikrofon funktioniert noch. Die zweite: Augen zuhalten ist definitiv besser als umdrehen.

Ich halte mir also die Hände vor die Augen und vernehme im Kopfhörer ein eigenartiges Stöhnen. Mich packt die Angst, ich reiße die Augen auf, schaue durch einen Spalt zwischen meinen Fingern und sehe, wie Matthias sich aus der Hocke nach oben kämpft. Mit der einen Hand stützt er sich auf das Schweinegeländer, mit der anderen auf sein Knie.

Mich packt ein schrecklich schlechtes Gewissen.

Obwohl Matthias es von dort aus wahrscheinlich gar nicht sehen kann, schließe ich die Augen wieder.

Okay, ruft er jetzt, kannst wieder gucken.

Ich komme mir vor wie beim Kindergeburtstag. Jetzt fehlt nur noch, dass wir Fangen spielen.

Als ich die Hände fallen lasse, sehe ich, wie er an seinen Hosenbeinen herumzupft, sie wieder gerade zieht.

Scheiße, denke ich, will ihm sagen, dass er nichts machen muss, wozu er nicht in der Lage ist, aber dann würde ich mich verraten. Dann hätte er kein Vertrauen mehr zu mir. Also sage ich nichts weiter als: Super, dann mal los!

Matthias setzt sich in Bewegung. Ein bisschen steif sieht das aus. Allerdings läuft er nun, ohne dabei zu wippen.

Ich lasse ihn schonmal ins Haus gehen, filme draußen noch seine strahlend weißen Kieselsteine und seinen schwarzen *Audi*. Mehr gibt es hier nicht zu sehen.

Lara wird enttäuscht sein, das weiß ich jetzt schon.

Als ich die Tür aufmache, fährt der Staubsaugerroboter die gleiche Route wie in dem Moment, in dem ich gekommen bin.

Eigentlich muss ich dringend aufs Klo. Der Kaffee treibt. Aber ich werde durchhalten, wie immer, bis zur nächsten Autobahnraststätte oder bis zu einem Baum am Straßenrand.

Ich kann bei keinem Bauern auf die Toilette gehen. Jedes Mal kommt mir das Bild von Reeva Steenkamp in den Sinn, die durch die Badtür von Oscar Pistorius erschossen wurde. Gut, die haben sich gekannt. Wobei ... Kann man da noch von Kennen sprechen?

Jedenfalls – was weiß ich, wie so ein Bauer tickt, wenn er weiß, dass hinter seiner Klotür eine wehrlose Frau sitzt.

Beim Arbeiten keinen Kaffee mehr trinken! Speichere es ab, verdammt, speichere es ab!

Nur noch ein paar Antworten, die ich Matthias in den Mund legen muss, und dann hab ich es geschafft.

Was sind deine besten Eigenschaften?
Also, sagt Matthias, ich bin ordentlich und ...
Mehr fällt ihm nicht ein.
... witzig, liebevoll, tierlieb, unternehmungslustig, schlage ich vor.
Hm, sagt er, ich weiß nicht. Hier kann man nicht so viel unternehmen. Also, außer vielleicht spazieren gehen.
Und gehst du gerne spazieren?
Ja, sagt er, so gedehnt, dass es eine Lüge sein muss, aber ich sage: Na dann, sag das doch zum Beispiel.
Also, ich bin ordentlich und ich gehe gerne mal spazieren.
Oh Mann, was für unterirdisches Castingmaterial! Ich freue mich jetzt schon darauf, es zu schneiden.
Gut, und wie stellst du dir deine Traumfrau vor?
Also, meine Traumfrau sollte blond sein. Nicht allzu dick, aber schon was auf den Hüften haben und ... na ja ...
Na ja was?, frage ich.
Nee, das will ich in dem Video nicht sagen, sagt er.
Ich schweige, weil ich zwar ahne, was er sagen will, und es auch definitiv nicht in dieses Video hineinschneiden würde, aber soll er es doch ruhig mal laut aussprechen, denke ich.
Ich mag halt große Brüste, aber es geht ja nicht nur ums Aussehen, sagt er jetzt und schaut zum Boden.
Gut, dann erzähl doch noch etwas über die Eigenschaften, die du dir wünschst.
Also, ich fänd's schön, wenn sie gut kochen könnte und ... ja, wenn sie einfach Lust hätte, mit mir alt zu werden.
Interessante Eigenschaften, denke ich. Dieses Casting war rausgeschmissenes Geld, tut mir leid, aber ich will jetzt wieder nach Hause.

Super, sage ich. Dann haben wir jetzt alles im Kasten.

Cool, sagt er, war ja doch nicht so kompliziert, wie ich erst dachte.

Nee, man findet dann irgendwann rein, sage ich und höre mich weiteren Schwachsinn labern, während er mir noch einen Kaffee anbietet, den ich ablehne. So schnell wie dieses Mal habe ich meine Sachen schon lange nicht mehr zusammengepackt und ins Auto verfrachtet. Wir schütteln uns die Hände. Ich wünsche ihm viel Glück, fahre raus aus dem Dorf und biege in den ersten Waldweg ein, den ich sehe. Ich lasse die Hose runter, hocke mich direkt neben das Auto. Diesmal stöhne ich. Zum Glück vor Erleichterung und nicht so wie Matthias vor Schmerzen.

Fernanda will mit mir spazieren gehen. Heide will lieber alleine sein, sagt sie, als ich ein letztes Mal frage, ob sie wirklich nicht mitkommen möchte. Ich erwähne extra nochmal Fernandas Namen, in der Hoffnung, dass Heide sich an sie erinnert, daran, dass das die Person ist, die die richtigen Fragen stellt und manchmal auch gar keine. Die, als sie von Ettys Tod erfuhr, einfach vorbeikam und Dinge mitbrachte, von denen wir gar nicht wussten, dass wir sie mögen. Artischocken, Feigen im Speckmantel, Aprikosen mit Frischkäsefüllung, Melone-Schinken-Röllchen und sowas. Heide mochte das Essen, das weiß ich noch. Sie hat die Reste am nächsten Tag zum Frühstück gegessen.

Aber Fernanda hin oder her, sie will nicht mit. Ich weiß, dass auch Sophie Heide schon allein gelassen hat. Dass jetzt die Phase ist, in der Heide manchmal absolute Ruhe braucht, also versuche ich ihr ohne einen sorgenvollen Ton in der Stimme ein paar ruhige Stunden zu wünschen.

Als wir auflegen, ruft Fernanda an. Sie sagt, dass sie jetzt losfahren könne, das Baby habe getrunken. Ich schlage den Grunewald vor, weil der Grunewald nichts mit uns zu tun hat. Er ist so weit weg wie Leipzig oder München.

Er ist ein guter Ort, um sich zu fühlen, als wäre man nicht mehr in Berlin. Wir machen also eine Art Touristenausflug. Eigentlich wollte Bruno auch dabei sein. Aber als ich am Parkplatz ankomme, steht Fernanda alleine da.

Ist Bruno krank?

Nein, sagt Fernanda. Aber dass er keine Kraft für ein Treffen mit mir habe. Weil ich bestimmt von Etty reden würde, und dafür sei er gerade nicht bla.

Innerlich wird mir heiß. Es fühlt sich wie Wut an. Aber wir sind ja jetzt im Grunewald und da soll man sich erholen. Fernanda hievt den Kinderwagen über die letzte Bordsteinkante, bis wir endlich von Bäumen umgeben sind.

Außerdem, sagt sie, wolle Bruno noch den letzten *Tatort* anschauen, den er verpasst habe, weil er am Sonntag bei einem Geburtstag war.

Jetzt hab ich keinen Bock mehr auf den Grunewald. Und auch nicht auf Fernanda und ihren Kinderwagen. Ich sehe Bruno vor mir, wie er auf dem Sofa liegt, mit einer Chipstüte auf dem Bauch. Er hat die Vorhänge zugemacht, weil es draußen viel zu hell ist, als dass man im Fernseher etwas erkennen könnte. Die Person, die getötet wurde, wird Bruno fachgerecht präsentiert. Nämlich so, dass er es ertragen kann. Ein mit Kunstblut verschmierter Körper, bei dem noch kurz die Augen blinzeln, was man aber nur sieht, wenn man es sehen will. Sie haben ihm ein paar hübsche Wunden an ein paar Körperteile geschminkt. Und all das nur für die paar Sekunden, in denen die Leiche zu sehen ist. Jetzt ist der Kommissar bei den Angehörigen angekommen. Die weinen genauso lange, wie die Leiche zu sehen war, und schwupps ist der Schmerz auch schon wieder vergessen und man plaudert bereits über die negativen Seiten des Opfers oder darüber, dass sie oder er doch von allen so gemocht wurde. Parallel dazu wird Kaffee gekocht. Vielleicht fällt den Angehörigen jetzt doch nochmal ein, dass sie eigentlich traurig sind, also wischen sie mit dem Taschentuch unter ihren Nasen herum und fertig. Der Kommissar verlässt, ohne Kaffee getrunken zu haben, das Haus. Mehr will er nämlich gar nicht wissen. Und Bruno auch nicht. Bruno guckt den *Tatort* wegen der Schauspieler. Die findet er super. Fernanda sagt, Jan-Josef Liefers. Ich frage mich, warum ich nicht platze. Aber Fernanda wäre nicht Fernanda, wenn sie das nicht bemerken würde.

Nimm es ihm nicht übel, sagt sie. Manche Leute können einfach nicht gut mit trauernden Menschen umgehen.

Keine Ahnung, warum, aber wenn Fernanda das sagt, verfliegt jedes Gefühl von Wut in mir. Ich weiß nur nicht so recht, ob ich dabei insgeheim ihr statt Bruno verzeihe.

Wir sind schon mittendrin im Grunewald. Zwischen den Bäumen bekomme ich endlich mal wieder Luft. Ich sollte öfter in den Wald gehen. Berlin ist eigentlich nichts für Menschen, die noch eine Weile gesund bleiben wollen.

Fernanda war schon lange nicht mehr arbeiten. Sie sagt, dass sie es sehr vermisse.

Aber keine Ahnung, wann wir mal einen Kitaplatz kriegen werden.

Ich schaue in den Kinderwagen. Das Baby ist erst wenige Wochen alt.

Willst du sie etwa jetzt schon in die Kita geben?

Nein, sagt Fernanda, erst in einem Jahr, aber selbst dafür hätten wir schon einen Platz suchen müssen, als sie noch gar nicht auf der Welt war.

Ich denke an das Emoji, das Mund und Augen ganz weit aufreißt.

Es kann passieren, dass sie erst mit vier Jahren in die Kita kommt, weil wir jetzt erst anfangen zu suchen.

Jetzt erst, wiederhole ich. Wie absurd. Aber Fernanda wechselt schon wieder das Thema.

Hast du gerade viel mit Lara zu tun?, fragt sie.

Uns kommt eine Frau entgegen, die von mindestens zehn Hunden begleitet wird. Sie tappeln vor, hinter, neben ihr, bilden um sie herum einen großen Kreis. Zwei von ihnen führt sie an der Leine.

Jedes Mal, wenn ich solche Hundesitter sehe, frage ich mich, ob sie mehr verdienen als Postboten.

Eigentlich ein geiler Job, sage ich.

Bevor mir wieder einfällt, was Fernanda mich gerade gefragt hat, stellt sie die Frage nochmal.

Hast du gerade viel mit Lara zu tun?

Ja, sage ich. Aber nur telefonisch.

Hmm, sagt Fernanda.

Weil jetzt eine Pause folgt, sage ich:

Warum fragst du denn?

Ach, ich hätte halt so gern, dass sie mich fest anstellen. Als ich gefragt habe, ob sie das machen, hat Lara gemeint, sie melde sich bei mir. Aber das ist jetzt bestimmt schon drei Monate her.

Und du hast nicht nachgehakt? Das musst du doch machen, Fernanda! Du hast jetzt ein Kind. Ist ja wohl logisch, dass man sich da Sorgen macht, wenn man auf Rechnung arbeitet.

Fernanda schaut in die Ferne. Das Baby ruckelt gemütlich im Wagen hin und her.

Soll ich mal schieben?, frage ich. Fernanda lässt los und geht einen Schritt zur Seite.

Als ich übernommen habe und sie weitererzählt, denke ich plötzlich an Etty. Auch damals hab ich schon den Kinderwagen geschoben, sobald ich Heide getroffen habe. Es ist anstrengend zu reden, während man einen Kinderwagen schiebt. Zumindest dann, wenn es, wie hier im Grunewald, zwischendurch bergauf geht.

Ich lasse Fernanda erzählen. Es tut gut, ihr zuzuhören.

Weißt du, dass der letzte Bauer, bei dem ich war, immer noch in der Redaktion anruft?, sagt sie.

Ach herrje.

Ja, weißt du, das ist der, der dann gar nicht mehr in die Sendung wollte, weil er dachte, in mir schon seine perfekte Partnerin gefunden zu haben. Lara ist mega genervt, weil er einfach nicht aufhört mit diesen Anrufen. Deswegen weiß ich nicht, ob sie überhaupt mit mir reden will, und dann auch noch über eine Festanstellung.

Kann man so eine blöde Nummer nicht einfach blockieren?, frage ich.

Keine Ahnung, sagt Fernanda. Ich bin einfach froh, dass er meine nicht hat.

Und wenn du dir einen anderen Job suchst?, frage ich. Es gibt doch noch andere Formate.

Sie antwortet nicht. Eine ganze Weile lang. Weiter vorne sehe ich jetzt den merkwürdigen Sandhügel, der mitten in diesem Grunewald steht und bei dem ich schon ein paar Mal dachte, ich hätte mich verlaufen. Mittlerweile weiß ich, dass wir immer noch nah an der Autobahn sind, an der Autobahn, auf der Laras Hund überfahren wurde – was mir plötzlich wieder einfällt –, aber ich sage es nicht laut, um nicht vom Thema abzulenken.

Weißt du, dass ich darüber noch nicht eine Sekunde lang nachgedacht habe?, sagt Fernanda jetzt in einem wirklich erstaunten Ton.

Dass du auch woanders arbeiten könntest?, frage ich.

Ja, sagt Fernanda. Komisch, oder? Ich arbeite jetzt seit sieben Jahren für die, das ist für mich wie verheiratet sein.

Aber du müsstest doch eh was anderes machen. Irgendwas am Schreibtisch, dort in der Redaktion, oder willst du mit dem Baby die ollen Bauern abklappern?

Ach scheiße, ich weiß. Aber ich liebe diesen Job wirklich sehr, sagt sie. Ich weiß auch nicht, aber wo und wann trifft man denn mal so ehrliche Leute wie in unserem Job?

Ich weiß, was du meinst, sage ich. In keinem anderen kreativen Beruf hat man mit solchen Leuten zu tun, sondern immer nur mit anderen Kreativen, deren Ehrlichkeit sich eher darauf bezieht, was man ihrer Meinung nach schon wieder alles falsch gemacht hat.

Es ist verrückt, sagt Fernanda, dass die Leute uns immer als Erstes fragen, wie wir diesen Job mit unserem Gewissen vereinbaren können. Das ist doch so verlogen! Die arbeiten doch für viel schlimmere Vereine als wir. Ich meine, wir arbeiten für eine verdammte Fernsehsendung, für die sich erwachsene Menschen frei entscheiden!

Ja, aber du weißt schon, worauf die Leute hinauswollen, die diese Gewissensfrage stellen?

Ja, ja, auf die Behinderten-Nummer, sagt Fernanda. Aber mal ehrlich, gab's bei dir schon mal jemanden, der ne Behinderung hatte?

Na ja, sage ich, es gibt ja solche und solche Behinderungen.

Ja, klar, aber hattest du mal einen wie bei der Schwiegertochter-Show?

Nee, sage ich. Aber ich hab bis heute noch keine einzige Sendung gesehen. Weder von *Bauer sucht Frau* noch von *Schwiegertochter gesucht*. Also, keine Ahnung, wer da am Ende so alles verwurstet wird.

Ist ja auch egal, sagt Fernanda.

Jetzt, wo du ein Kind hast, sage ich, ist jedenfalls eh so

einiges auf Anfang gesetzt. Da kannst du ruhig auch mal einen neuen Job machen.

Ich werd darüber nachdenken, sagt Fernanda.

Das Baby sieht so rein aus. Ich will nicht schon wieder weinen.

Eigentlich verrückt, dass kleine Wesen so viel schlafen müssen, oder?, sage ich. Eigentlich müssten sie doch die meiste Energie haben. Sie kennen die Welt ja noch nicht.

Erst als ich es ausgesprochen habe, merke ich, wie negativ dieser Satz klingt. Vielleicht hat Fernanda bald auch keine Kraft mehr, sich mit mir zu treffen. Immerhin ist ihr Baby ein Mädchen und Fernanda war furchtbar geschockt, als ich ihr die Sache mit Etty erzählt habe. Sie kannte Etty nicht. Nur von meinen Erzählungen. Aber es ist etwas anderes, wenn man zumindest die Namen der Menschen kennt, denen etwas Schlimmes passiert ist. Egal, ob sie von einer Krankheit zerfressen werden oder ob die Psyche durchdreht oder ob sie eine Straße entlanglaufen, auf der plötzlich ein Irrer um sich schießt, oder ob sie, so wie Etty, weiblich sind und diese Weiblichkeit ausreicht, um sie zu vergewaltigen und auszulöschen. Die Weiblichkeit macht die Sache umso größer. Weil das, was Etty passiert ist, auch Fernanda, ihrem Baby, Heide, Sophie, Großmutter oder mir passieren könnte.

Wusstest du, dass jeden dritten Tag in Deutschland eine Frau ermordet wird?, fragt Fernanda.

Sie scheint sich die gleichen Gedanken zu machen wie ich.

Eigentlich müssten wir mit einem Sprengstoffgürtel durch die Welt laufen, damit man uns in Ruhe lässt, sagt sie.

Sie schaut immer noch in die Ferne, während ich ihr Baby schiebe.

Komisch, dass sie nicht auf Friede Freude Eierkuchen macht. Dass sie nicht die Augen zusammenkneift und sagt, ich will davon nichts wissen, ich habe Angst, ich will mein Baby beschützen, indem ich es so lange wie möglich vor der Welt verstecke.

Es fühlt sich so übernatürlich an.

Etty hat eine Kriegerin gemalt, sage ich. Sie hat viel gemalt, aber die Kriegerin war ihr letztes Werk. Komisch, oder? Es gibt so viele Menschen, bei denen man meinen könnte, sie hätten ihren eigenen Tod prophezeit. Schriftsteller und so, die kurz zuvor plötzlich nur noch über ihr Ableben geschrieben haben, und zack, passiert es wirklich.

Ja, sagt Fernanda, aber deshalb werden wir jetzt nicht esoterisch.

Sie hat nicht nur die besten Fragen, sondern auch die besten Antworten. Fernanda holt einen immer wieder sanft auf den Boden der Tatsachen zurück.

Gibt es denn Neuigkeiten von der Polizei?, fragt sie.

Ich erzähle ihr, dass ich ihr nichts erzählen kann. Davon, dass alle schweigen.

Das tut mir voll leid zu hören. Wie geht's denn Heide? Ist sie stabil?

Es fällt mir schwer, das einzuschätzen, sage ich. Ich hab eigentlich keine Ahnung, wo sie die ganze Kraft hernimmt. Manchmal habe ich Angst davor, dass sie ganz unvermittelt umfällt, weil das eigentlich niemand aushalten kann.

Und hältst *du* es noch aus?, fragt Fernanda.

Keine Ahnung. Plötzlich fühlt es sich an, als wäre Watte in meinen Ohren. Fernanda redet und redet, aber nur einzelne Wörter dringen zu mir durch. Ich nehme mir vor, sie später zusammenzupuzzeln. Bis dahin halte ich mich am Klang ihrer Stimme fest.

Wir sind wieder auf dem Hauptweg. Es beruhigt mich, die vielen Menschen zu sehen. Es beruhigt mich, dass ich weiter hinten den Parkplatz ausmachen kann. Es beruhigt mich, dass ich mein Auto zwischen dem Laub durchschimmern sehe. Es beruhigt mich, dass Fernanda und das Baby in ihrem Auto sitzen, dass ich mein Auto erreicht und die Tür hinter mir zugezogen habe. Wir winken noch kurz zum Abschied durch unsere Scheiben. Sie fährt zu Bruno, ich fahre zu Heide.

Ich weiß nicht, ob es Heide gutgetan hat, alleine zu sein. Sie hat, bis ich kam, im Bett gelegen. Früher war ich total stolz auf sie, wenn sie genau das gemacht hat, wenn sie an Wochenenden mal liegen blieb, weil Etty zum Beispiel im Ferienlager war und es sowieso nichts Wichtiges zu tun gab.

Du darfst das auch, hab ich dann gesagt. Du musst jetzt nicht putzen. Du kannst dich aufs Sofa legen und ein Buch lesen. Genieß es, dass du mal alleine bist!

Ich frage mich, ob sie auch gerade daran denken muss, als sie vor mir steht und ganz zerknittert aussieht. Sie hat einen Abdruck ihres Kissens auf der Wange.

Die Kommissarin hat angerufen, sagt sie, als wir uns an den Tisch setzen.

Jetzt wünsche ich mir, ich wäre nicht im Grunewald gewesen.

Was hat sie gesagt?, frage ich.

Dass vor zwei Tagen ein Mann zur Polizei gekommen sei, der sich wegen des Mordes an Etty gestellt habe.

Ich versuche ein Wort zu formen. Aber ich weiß einfach nicht, welches.

Aber eine Weile später spüre ich Töne über meine Lippen gehen. Kurz darauf höre ich sie auch: Wie? Was bedeutet das?

Die Kommissarin wollte nicht, dass ich es morgen aus der Zeitung erfahre, aber nach den Verhören ist sie sicher, dass es sich tatsächlich um Ettys Mörder handelt, zudem er ...

Jetzt bricht ein Schwall von Tränen aus ihr heraus.

Zudem er was?, frage ich.

Zudem er, sagt Heide, zudem er die gleiche Adresse hat wie wir.

Ich starre in Heides Gesicht. In der Hoffnung, das, was sie gesagt hat, dadurch besser zu verstehen. Aber ich tue es nicht.

Heide schaut auf den Tisch. Das Holz sieht aus, als würde es sich bewegen.

Er hat die gleiche Adresse wie du?, frage ich.

Ja, sagt Heide und wird dabei massiv von ihren Tränen geschüttelt.

Aber wer hat denn die gleiche Adresse wie du? Hä? Also war es jemand aus dem Haus?

Heide nickt.

Ich gehe ins Bad und hole eine Rolle Klopapier. Heide schnaubt in die Lagen hinein, aber die Tränen fließen weiter.

Die Kommissarin meinte, dass alles, was er gesagt hat, dazu passt, was passiert ist.

Aber seinen Namen hat sie nicht genannt?, frage ich.

Doch, sagt Heide. Es war Mario.

Oh Gott, ich fasse es nicht. Mario?

Mir wird speiübel, ich muss husten, dann würgen, genauso wie damals, als Heide mir erzählt hat, dass Etty tot ist.

Es tut mir leid, sage ich.
Ich hatte die gleichen Reaktionen, antwortet sie trocken.
In mir drehen sich alle Informationen im Kreis. Ich wünschte, ich könnte sie ausspucken, raus damit, aus meinem Körper. Aber es geht nicht. Ich muss warten, bis die Informationen eine andere Geschwindigkeit haben.
Wir schauen auf den Tisch.
Er sitzt jetzt in Untersuchungshaft, sagt Heide.
Ich warte so lange, bis sich das Holz nicht mehr bewegt, dann frage ich, ob die Kommissarin noch etwas anderes gesagt hat.
Nein, nichts weiter, antwortet Heide.
Der nächste Würgereiz lässt mich nun doch zur Toilette rennen. Ich spucke den Schwall in die Kanalisation dieser verdammten Stadt. Dann setze ich mich zurück zu Heide an den Tisch.

Ich wünschte, Fernanda wäre mitgekommen. Meine Worte sind aufgebraucht. Und im Moment denke ich, dass die Worte, die ich habe, nie und nimmer für Heide reichen werden. Es müssten Worte sein, die sie nicht nur verstehen kann, sondern welche, die ihr zusätzlich irgendeine Art von Kraft geben und die ihr das Herz salben. Ich fühle mich unfähig, ich kenne solche Worte nicht.

Unser Schweigen tut wahnsinnig weh.

Es fühlt sich jetzt noch schlimmer an, sagt Heide plötzlich.
Dass es wirklich ein Mensch war. Dass es ein Gesicht gibt, zu der Kreatur, die das getan hat. Mit jeder Information wird immer realer, dass wir uns tatsächlich nicht in einer Zwischenwelt befinden. Sondern dass dieses Grauen wahrhaftig unsere Realität sein soll.

Sie weint und redet. Alles gleichzeitig.

Ich war total leer in den letzten Tagen, ich kann nicht sagen, dass ich mit irgendwas gerechnet oder nicht gerechnet hätte. Aber dass ich den Menschen kenne, mit ihm unter einem Dach gelebt habe, das kriege ich nirgendwohin sortiert.

Ich bin zu nichts anderem imstande, als Heide anzuschauen. Alles ist trocken. Mein Hals, die Luft, sogar meine Tränen.

Heides Körper sackt derweil immer weiter nach unten. Ich kann ihn mit meinem Blick nicht aufhalten. Und ich kann immer noch nichts sagen.

Ich rücke an sie heran, lehne mich an sie und lege meine Arme um ihre Schultern, meinen Kopf an ihren Hals.

Wir weinen. Zusammen.

Ich merke, dass ich aufgestanden bin, um meinem Impuls zu folgen, nach oben zu Marios Wohnung zu laufen. Zu schauen, ob es stimmt. Ob da niemand öffnet, ob seine Wohnung vielleicht polizeilich versiegelt ist.

Du wolltest gerade das Gleiche machen wie ich vorhin, sagt Heide, aber ich dachte dann, dass es besser ist, erstmal mit euch darüber zu reden.

Ja, sage ich, das ist gut. Wir müssen ruhig bleiben.

Heide schweigt jetzt.

Mario, denke ich und sehe ihn erneut mit seinem Hoodie an mir vorbeihetzen.

Heide schaut mich an. Es ist ein Blick, der voll von Angst und voll von Wissen ist. Wissen, mit dem sie, bevor ich kam, eine quälend lange Zeit alleine war. Wissen, das ihre Seele umstülpt, an ihrem Herz die Zähne wetzt, sich dort hinein und vor allem festbeißt.

Können wir uns darauf einigen, diesen Namen nicht mehr zu benutzen?, sagt sie. Ich glaube, ich ertrag das nicht.

Hm, verstehe, sage ich. Realistisch betrachtet wird es in nächster Zeit aber sicher öfter mal um ihn gehen. Was hältst du von seinen Initialen? M. N.?

Ja, sagt Heide, das wäre okay.

Ich rufe Sophie an.

Du musst sofort kommen, sage ich.

Was ist passiert?, fragt sie.

Ich ... ich kann es nicht erklären, sage ich. Aber wir sind hier, Heide und ich. Kannst du herkommen?

Ja, okay, sagt sie, ich bin gleich bei euch.

Ich hole noch eine Rolle Klopapier.

Danach hole ich Schnaps.

Eigentlich soll man nur in schönen Situationen Schnaps trinken, sage ich, aber ich hoffe, dass der uns vielleicht ein bisschen erdet.

Erinnerst du dich an irgendeine merkwürdige Situation mit diesem Typen?, frage ich.

Seit Etty tot ist, waren eigentlich alle Situationen mit ihm merkwürdig, sagt Heide.

Na ja, ich meine eher davor, früher irgendwann.

Ich weiß nicht, nein, sagt Heide. Er war halt ein paar Mal hier.

Sie schnaubt ins Klopapier und schaut zur Decke. Sie sucht nach einer Antwort.

Einmal hat er sich ausgeschlossen und hier auf den Schlüsseldienst gewartet.

Weißt du noch, wo Etty damals war?, frage ich. War sie zuhause? War sie in ihrem Zimmer? Saß sie mit euch zusammen?

Siehst du, sagt Heide, als ich vorhin alleine war, hab ich schon gemerkt, dass ich mich an nichts erinnern kann. Ich bin das alles schon durchgegangen, aber in meiner Erinnerung fehlt Etty überall. Als wäre sie damals schon nicht mehr da gewesen.

Das kann auch der Schock sein, sage ich. Oder ein Schutzmechanismus. Du kannst nicht zu viel auf einmal verkraften.

Jetzt kommt Sophie. Endlich. Ich umarme sie und flüstere ein Danke in ihr Ohr.

Sophies Augen sind weit geöffnet. Erwartungsvoll sieht sie aus und ängstlich.

Also, was ist los?, fragt sie.

Ich schaue zu Heide, aber die sieht zu Boden. Ihr Körper bewegt sich von links nach rechts, während Sophie ihr über die Schultern streichelt.

So wie es aussieht, wohnt Ettys Mörder zwei Stockwerke über diesem hier, sage ich.

Jetzt öffnet sich Sophies Mund. Sie schaut von mir zu Heide und wieder zurück.

Wie bitte? Woher wisst ihr das?

Von der Kommissarin, antworte ich.

Aber wie? Ich meine, wie sind sie auf ihn gekommen? War der vorbestraft?

Nein, sage ich, er hat sich gestellt.

Oh mein Gott, sagt Sophie, das ist ja fürchterlich.

Nach einer Pause sieht sie mich an und sagt:

Das hätte ich am Telefon auch nicht formuliert gekriegt.

Magst du was trinken?, frage ich nach einer Weile.

Aber Sophie antwortet mit einer Frage, die sich an Heide richtet.

Ist das der mit dem Basecap? Also der, der neuerdings den Hoodie trägt? Der, der ganz oben wohnt? Der, der euch damals beim Umzug geholfen hat?

Ja, sagt Heide, ja.

Jetzt sitzen wir voreinander, miteinander, beieinander. Nichts bringt etwas. Das Schweigen genauso wenig wie das Reden.

Es fühlt sich so an, als wären wir in einem Ballon. Als wäre zwischen uns und der realen Welt eine dicke Scheibe, durch die wir zwar schauen, aber die wir nicht durchbrechen können.

Heide räuspert sich. Eigentlich war es echt eigenartig mit dem, sagt sie.

Seit wann?, fragt Sophie.

Ach, ich weiß nicht, sagt Heide, wahrscheinlich ist das nur meine jetzige Wahrnehmung.

War es nur für dich eigenartig oder auch für Etty?

Ich weiß es nicht. Als ich sie mal gefragt habe, wie sie ihn findet, meinte sie, dass er irgendwie komisch sei.

Aha, sagt Sophie.

Ja, sagt Heide, sie konnte es mir nicht weiter erklären. Aber ich fand es selbst irgendwann merkwürdig, wie oft der bei uns geklingelt hat, und dann hab ich den Kontakt mit ihm lieber eingeschränkt. Seitdem war er nicht mehr hier.

Und wie war es dann, als ihr euch begegnet seid?, frage ich.

Na ja, sagt Heide, er hat das natürlich gemerkt. Jedes Mal, wenn er wegen irgendwas geklingelt hat, habe ich ihn abgewimmelt. Aber das fand ich eigentlich gesünder, als ihn ständig in meiner Küche sitzen zu haben. Wir hatten uns ja auch nichts groß zu erzählen.

Ich habe das Gefühl, dass an manchen Tagen die Räume, in denen ich sitze, kleiner werden, dann fühlt es sich an, als wären die Wände nur zwei Millimeter von meinem Körper entfernt. An anderen Tagen wachsen die Räume. Auch die Decke hebt sich dann, während ich zu ihr aufschaue, und ich würde mich nicht wundern, wenn sich der Stuhl, auf dem ich sitze, beginnen würde zu drehen.

Heute ist einer der Tage, an denen die Dinge verschwimmen, weil sich alles von mir wegbewegt. Wenn sich Heide und Sophie noch weiter entfernen, werde ich sie bald nicht mehr ausmachen können. Aber dieser Effekt wird sofort unterbrochen, wenn jemand ein Geräusch macht oder etwas sagt.

Und Sophie sagt, dass sie jetzt nach oben geht.

Kommst du mit?, fragt sie mich.

Können wir dich kurz alleine lassen?, frage ich.

Sie nickt, also schiebe ich meine Füße hinter Sophie her, die längst an der Wohnungstür steht, aber keine Anstalten macht, sie zu öffnen.

Was ist los?, frage ich.

Hinter der Tür sind mehrere Füße zu hören. Sophie schaut durch den Spion.

Da sind sie, flüstert sie.

Wer?, frage ich.

Die Polizei.

Also waren sie noch gar nicht bei ihm in der Wohnung?

Anscheinend nicht, sagt Sophie leise.

Wir setzen uns wieder. Wir halten unsere Hände. Wir halten unsere Gläser. Und wir weinen dabei.

Ich wache auf. Keine Ahnung, wann und wie ich eingeschlafen bin. Ich realisiere sofort, dass ich immer noch in Heides Wohnung bin. Es ist so still, außerhalb meines hämmernden Schädels. Dieser Kopfschmerz, der vom Weinen kommt, ist eigentlich der schlimmste. Er fühlt sich an wie ein heißer, aufgeblähter, puckernder Wespenstich.

Jetzt, wo ich die Decke zurückgeschlagen habe und aufgestanden bin, sieht es aus, als ob Heides Sofa schon die Form meines Körpers angenommen hätte. Wahrscheinlich ist es aber eher Ettys Körper. Immerhin hat sie hier viel mehr Zeit verbracht als ich. Nachmittagelang hat sie ihre Chips in die Ritzen fallen lassen und *YouTube*-Tutorials angesehen. Wie schön sie immer aussah. Selbst, wenn sie widerwillig mit dem Staubsauger die Spuren der Chips beseitigt hat, die Heide immer entdecken musste.

Heide sitzt extrem aufrecht am Küchentisch.

Ich fasse es einfach nicht, sagt sie, als ich reinkomme.

Ich vermute, dass sich das, was sie nicht fassen kann, in dem Laptop befindet, das vor ihr steht, also laufe ich um sie herum und beuge mich vor.

Mario N. gesteht Mord an Tochter seiner Nachbarin.
Ich konnte mich in den letzten Tagen nicht mehr frei durchs Haus bewegen. Das war kein Zustand mehr.

Er konnte sich nicht mehr frei durchs Haus bewegen? *Er*?
Meine Stimme ist zu laut, ich merke es selbst. Aber ich kann es nicht ändern.
Was ist das für ein krankes, beschissenes, widerliches Monster! Verdammte Scheiße, Heide, klapp das Ding zu.
Ich muss Etty noch vom Tanzkurs abmelden, sagt Heide.
Vielleicht wird sie jetzt verrückt. Wie kommt sie ausgerechnet jetzt auf Ettys Tanzkurs?

Hast du die Therapeutin angerufen, die dir Sophie empfohlen hat?, frage ich.
Heide schüttelt den Kopf.
Ich muss das ruhig angehen, also stehe ich auf und fülle den Wasserkocher. Ich wähle grünen Tee und warte, bis das Wasser gekocht und sich beruhigt hat, dann gieße ich es in die Tassen. Als ich mich wieder hinsetze, schlage ich vor, die Therapeutin jetzt anzurufen. Eigentlich habe ich mich während des Teekochens darauf vorbereitet, noch genauer zu erklären, warum ich denke, dass das sinnvoll wäre, aber Heide sagt sofort: Ja, das wäre gut.
Zum Glück bin ich nicht erst am Abend auf die Idee gekommen – die Praxis hat geöffnet und nach dem zweiten Klingeln geht jemand ans Telefon.
Guten Tag, ich möchte einen Termin ausmachen, so schnell wie möglich, es ist sehr dringend, sage ich.
Sophie hatte mich schon darauf vorbereitet, dass alle Psychologen in dieser Stadt ausgebucht sind und man die Sache erklären müsse, damit man als Notfall ein-

gestuft werde, ohne dass sie einen gleich in eine Klinik einweisen.

Waren Sie schon mal bei uns?, fragt die Stimme am Telefon.

Nein, sage ich, und um mich geht es auch gar nicht.

Ich habe das Gefühl, dass Heides Kopf in der Zwischenzeit weiter nach unten gesackt ist. Eigentlich macht sie gerade ein Dampfbad über ihrem Tee. Ich ziehe die Tasse ein Stück von ihr weg, für den Fall, dass der Kopf gleich auf die Tischplatte fällt, und gehe, in dem Moment, in dem die Stimme sagt, dass sie leider keine Kapazitäten für neue Patienten hätten, rüber ins Badezimmer.

Von hier aus, mit einer geschlossenen Tür zwischen Heide und mir, kann ich es vielleicht so formulieren, dass es zu dem Notfall wird, von dem Sophie gesprochen hat.

Hören Sie, sage ich, ich brauche diesen Termin für meine Freundin. Ich habe große Angst um sie. Ich bin bei ihr, wann immer ich kann, aber sie braucht dringend professionelle Hilfe. Ihre Tochter wurde am 11. Juli er... – diesen Satz habe ich noch nie zu Ende gesprochen. Zu Fernanda hatte ich gesagt, dass Heide ihre Tochter verloren habe, dann, dass sie tot sei, und dann, dass sie die Sache in der Zeitung lesen könne.

Ich atme ein und forme das eigentlich unaussprechliche Wort: ermordet.

Es ist kurz ruhig in der Leitung. Dann höre ich Papier, das umgeblättert wird, und die Stimme, die sagt: Das tut mir wahnsinnig leid.

Und nach einer Pause: Unter diesen Umständen will ich sehen, was sich machen lässt. Bleiben Sie bitte kurz in der Leitung.

Die Papiergeräusche verstummen. Ganz still ist es plötzlich. Nicht einmal ein Atmen ist zu hören. Ich überlege, ob die Verbindung unterbrochen wurde. Ich sitze auf Heides Toilettendeckel und versuche regelrecht in das Telefon hineinzukriechen. Und als ob das etwas nützt, ist da plötzlich wieder ein Grundrauschen und die Stimme kehrt zurück.

Sie kann morgen Mittag herkommen, sagt sie.

Ich lasse alle Luft raus, die ich gerade angehalten habe, und schiebe ein Danke hinterher. Es ist ein sehr großes Danke. Die Stimme spricht weiter. Sie sagt: Ich hoffe, Sie können Ihrer Freundin heute noch zur Seite stehen und sie bis morgen stabil halten. Mein aufrichtiges Beileid nochmal. Ihre Freundin soll um zwölf hier sein. Bis dann!

Wir legen auf. Und plötzlich schießen die Tränen aus mir heraus. Ich will gar nicht weinen, nicht schon wieder, aber es hört nicht auf. Ich könnte mich übers Waschbecken beugen und den Stöpsel reinstecken. Dann wäre meine heutige Trauer um Etty vielleicht irgendwie messbar.

Als ich zurück in die Küche komme, schaut Heide immer noch auf den Tisch. Es wird Zeit, dass sie hier rauskommt.

Du hast morgen Mittag einen Termin, sage ich. Aber sie regt sich nicht. Ich gehe zu ihr und massiere ihre Schultern. Der Tee steht unberührt vor ihr und ist, weil der Beutel noch drin ist, jetzt sicher ungenießbar. Es hat sich eine Schicht gebildet, die wie Entengrütze auf einem Tümpel aussieht.

Ich spüre verspannte Muskeln, der gesamte Heide-Körper ist völlig verhärtet. Vielleicht hätte ich ihr lieber einen Termin bei der Physio- statt bei der Psychotherapeutin machen sollen. Ich knete ziemlich unbeholfen an ihr herum.

Es ist eigentlich komisch, dass wir in unseren Körpern stecken wie in Schutzpanzern, denke ich. Und trotzdem reicht der Schutzpanzer nicht. Wir sind fragile Systeme.

Heide besteht noch immer aus einem Körper, der wie jeder andere warmgehalten werden muss. Aber in ihr schlägt kein Herz mehr, sondern ein Gerät. Es ist aus Metall oder Stein, weswegen Heide sehr kalt sein muss, in der Brust. Es macht andere Geräusche als ein gewöhnliches pochendes Herz. Und wahrscheinlich hat es auch einen anderen Rhythmus. Ich vermute, dass dieses Gerät Heides Körper nur mit langsamen, behäbigen Schlägen am Leben hält. Ich will es niemals sehen müssen. Ich stelle es mir hässlich vor. Ich wünschte, es könnte sich zurückverwandeln, aber ich weiß genau, dass das nicht geht. Heides Herz wird bald mit Ettys Asche beerdigt werden.

Von nun an wird Heide für immer zur Hälfte die fehlende Etty sein.

Magst du in die Wanne gehen?, frage ich, weil mir das helfen würde, wenn ich zu lange in der Position gesessen hätte, in der Heide jetzt sitzt.

Sie nickt zaghaft.

Ich kippe rosafarbenes Schaumbad ins Wasser. Wahrscheinlich ist es von Etty. Aber je mehr Wasser in die Wanne läuft, desto blasser wird das Rosa. Am Ende ist der Schaum einfach weiß.

Heide legt sich in die Wolken hinein. Ich setze mich auf den Klodeckel.

Ich überlege, ob ich ihr etwas vorlesen soll, aber im Bad gibt es keine Bücher. Um eins zu holen, müsste ich Heide allein lassen. Aber jetzt könnte ich mir nicht einmal vorstellen, mich nur einen Moment lang umzudrehen, den Blick von ihr abzuwenden. Heute habe ich große Angst um sie. Ich bleibe sitzen und passe so unauffällig wie möglich auf sie auf.

Ich zähle die Sekunden, in denen wir schweigen. Ich

weiß, dass man nicht durchweg reden muss. Aber wenn es jemandem schlecht geht, könnte er sich in der Stille schlimm verheddern.

Trotzdem warte ich erstmal ab. Vielleicht will Heide etwas sagen. Wenn ich immer gleich losrede, dringt sie nicht zu ihren eigenen Gedanken vor. Sie hat viele Gedanken, die alle in einen einzigen zu münden scheinen. Und den spricht sie jetzt aus:

Ich hab wahnsinnige Angst davor, dass Etty vergessen wird.

Irgendwie kann ich mir genau das nicht vorstellen. Es gibt zu viele Menschen, die mit Etty Zeit verbracht haben. Da sind tausende Erinnerungen entstanden, die nicht einfach auszulöschen sind.

Etty hatte nur vierzehn Jahre Zeit, sich in die Herzen ihrer Leute einzubrennen. Bei mir hat sie das hervorragend geschafft. Aus meinem Herz zieht sie nicht mehr aus. Wie sollte ich sie vergessen können? Ihr einmaliges Lachen – überhaupt ihren Humor. Ihre Grazie, ihre Leichtigkeit. Ihr zartes Wesen, ihre Ehrlichkeit, ihre Erkenntnisse und ihre damit verbundene Rechthaberei. Sie war genauso, wie man sein sollte, wenn man vierzehn ist. Extrem. Alles, was sie empfand, empfand sie zu zweihundert Prozent. Und die Dinge, von denen sie überzeugt war, verteidigte sie mit lauten Worten und großen Gesten. Sie hatte gerade begonnen, die Welt zu begreifen, ihre Makel wahrzunehmen, sie zu benennen.

Ich werde ganz weich, merke, dass es an diesem Raum liegt, dass ich weinen muss. Keinen meiner Gedanken habe ich laut ausgesprochen, sodass Heide jetzt wahrscheinlich denkt, dass ich ihr recht gebe. Dass man Etty vergessen wird. Ich will das richtigstellen, aber da taucht Heide unter. Sie hört weder meinen angebrochenen Satz, dass ich Etty niemals – noch, dass Sophie die Wohnung betritt. Ich öffne die Badtür und rufe ihr zu, wo wir uns befinden. Als Heide wieder auftaucht, hat Sophie auf der Waschmaschine Platz genommen.

Sie fragt nicht, warum ich weine. Wozu auch. Bislang hat niemand von uns die andere gefragt, warum sie weint. Wir kennen die Antwort. Wir weinen um Etty. Immer wieder. So ist das.

Ich vergrabe mein Gesicht noch einmal in einer Lage Klopapier und erzähle ihr dann von der guten Nachricht, der Therapiesitzung für morgen.

Kein Grund zu weinen, eigentlich. Andererseits macht es die Lage, in der sich Heide befindet, deutlicher. Und vor allem die Tatsache, dass wir am Ende unserer Fähigkeiten angelangt sind. Dass wir nur für Heide da sein, ihr beistehen können. Aber mit der Seele, die mehr braucht als unsere Anwesenheit, kennen wir uns nicht aus. Wir können Heide nicht helfen. Ich finde das wirklich dramatisch. Ich wäre gern zu Übernatürlichem in der Lage gewesen.

Stattdessen fühlt es sich an, als wären wir festgefroren. Ich habe mich über eine innere Grenze hinausgeweint, müsste dringend mal raus aus dem Eis, meine Arme in großem Bogen kreisen, am besten boxen oder schwimmen gehen.

Jetzt schwimmt nur Heide. Ich wünschte, die unsichtbare Schmerzkruste ließe sich von diesem Badewasser aufweichen, und wenn Heide aus der Wanne stiege, bliebe sie im Wasser und würde durch den Stöpsel in die Tiefe gesogen.

Als sie das nächste Mal untertaucht, frage ich Sophie, ob ich morgen zu meiner Großmutter fahren könne. Ob es wirklich okay sei, wenn ich sie beide jetzt alleine ließe.

Natürlich, sagt sie.

Ich umarme sie, gebe Heide einen Kuss auf ihre auftauchende Stirn und verlasse das Bad und die Wohnung.

Ich gehe nach Hause, renne nach Hause. Wenn schon nicht boxen, dann wenigstens das.

Währenddessen fällt mir ein, dass Fernanda mich im Grunewald gefragt hat, ob ich auch über eine Therapie nachdenke. Oder wenigstens über eine Trauerbegleitung. Aber jetzt denke ich umso mehr, dass ich niemandem den Platz wegnehmen will. Wer weiß, wie viele Mütter gerade in der Wanne liegen und nicht mehr weiterwissen.

Nun stehe ich wieder vor dem Haustürproblem. Nachdem ich sie aufgeschlossen habe, versuche ich, sie von innen zuzudrücken, damit es schneller geht, damit sie zufällt, wann *ich* das will. Aber der verdammte Handwerker hat die Tür kaputt gemacht, anstatt sie zu reparieren! Sie ist schwer und stur. Ich habe keine Chance, das Zufallen zu beschleunigen.

Die Stufen hinauf zur Wohnung renne ich nicht. Ich will wissen, bis wohin mich der Vergewaltiger verfolgen könnte, bis die Haustür endlich geschlossen ist. Erst in der zweiten Etage höre ich das Klicken des Schlosses. Aber jetzt kommt die Hektik zurück. Ich könnte schwören, Geräusche zu hören, die ich nicht selbst verursache. Ich schaue übers Geländer nach unten, halte die Luft an, aber es ist niemand zu sehen.

Ich starre auf die Stufen. Noch immer ist niemand da. Aber hinter mir geht eine Tür auf. Jemand sagt: Guten

Tag. Ich drehe mich um, sehe in ein erstauntes Gesicht.

Wollen Sie zu mir?, werde ich gefragt.

Nein, nein, ich wohne zwei Stockwerke über Ihnen.

Ach, Sie sind die Neue. Herzlich willkommen, antwortet sie.

Nachdem ich danke gesagt habe, sollte ich mich wahrscheinlich in Bewegung setzen. Aber was, wenn da unten wirklich jemand ist, der jetzt womöglich auf meine Nachbarin wartet?

Echt blöd, mit der Haustür, sage ich, um ein bisschen Zeit zu gewinnen.

Wieso, sie schließt doch jetzt wieder, sagt sie, die nur wenige Jahre älter oder jünger sein kann als ich.

Ich schaue auf das Namensschild an ihrer Tür. Meier heißt sie.

Ja, aber sie fällt jetzt in Zeitlupe zu, sage ich.

Ach, das ist mir egal. Hauptsache, niemand kann sie mehr aufstemmen.

Na ja, aber es gibt doch diese ganzen Fälle.

Was für Fälle?, fragt sie.

Einerseits ärgere ich mich jetzt maßlos über mich, wünschte, es würde mir augenblicklich die Stimme verschlagen. Reicht es nicht, dass *ich* mir Sorgen mache? Will ich Unsicherheit verbreiten?

Andererseits frage ich mich, wie man so durch die Welt laufen kann. Und dann auch noch in Berlin.

Wo Leuten in den Hauseingang gefolgt wird, um sie dort auszurauben und so, sage ich.

Immerhin erwähne ich die in diesem Zusammenhang eigentlich viel häufiger stattfindenden Vergewaltigungen nicht. Innerlich klopfe ich mir dafür auf die Schulter.

Ach, ich hab eh nie was Wertvolles dabei, antwortet meine Nachbarin.

Na dann, denke ich.

Und weil mir wirklich nichts anderes dazu einfällt, sage ich es auch: Na dann.

Wir verabschieden uns quasi amerikanisch voneinander. Übertrieben höflich, obwohl wir gerade festgestellt haben, dass wir uns nicht verstehen.

Ich gehe trotzdem nur langsam nach oben. Für den Fall, dass dort unten wirklich jemand auf sie wartet. Auf den letzten Stufen frage ich mich, warum sie eigentlich froh ist, dass die Tür wieder schließt, wenn sie doch eh nichts Wertvolles besitzt und keine Angst vor gar nichts hat.

Ich höre keine Schritte, keinen Hilfeschrei, schaue noch ein letztes Mal nach unten. Dann stecke ich den Schlüssel ins Schloss, gehe rein und schließe von innen wieder zu.

Die Wohnung sieht aus, wie ich mich fühle. Ich setze mich zwischen die Kisten und lasse den Puls langsam wieder sinken. Ich bin müde. So müde.

Ich schaue auf den Schlüssel, der in der Tür steckt. Ich bin sicher. Und allein.

Das Bedürfnis nach der Armbewegung lässt mich nicht los. Ich würde gerne schwimmen gehen, eine Stunde mindestens. Aber keine Ahnung, in welcher Kiste mein Bikini steckt, falls ich überhaupt noch einen habe. Ich kann mich nicht erinnern, wann ich das letzte Mal schwimmen war. Wahrscheinlich wäre das Ding eh nur zum Sonnenbaden geeignet.

Ich klappe das Laptop auf und gebe *Sportbikini* in die Suchleiste ein. Es erscheinen hunderte Exemplare. Zwei davon sehen tatsächlich nach Sport aus, allerdings sind sie so hässlich, dass ich mich schon, ohne sie anzuhaben, für sie schäme. Einer leuchtet bereits auf dem Bildschirm so pink, dass man in Wirklichkeit vermutlich die Augen zusammenkneifen muss, um es zu ertragen. Der andere leuchtet türkis, und die Hose ist so geschnitten, dass ich spüren kann, wie der Stoff zwischen die Pobacken rutscht. Ich frage mich, ob der Bikini, der aus glitzernden Stoffstreifen besteht, die gerade mal so Scham und Brustwarzen bedecken, ein Scherzartikel sein soll. *Süße Bikinis für den heißen Sommer* steht jetzt oben in der Tableiste. Wo bin ich hier hingeraten? Ich will doch nur schwimmen gehen! Ich gebe *Bikini mit Panty* ein. Jetzt steht da *Bademode für mollige Frauen*.

Ich erinnere mich an Sophies Jogging-Erzählungen aus dem Plänterwald, wo jeder Typ, der ihr begegnete, entweder pfiff oder ihr einen kessen Spruch hinterherrief. Wie Sophie kurz davor war, einem von ihnen an den Hals zu gehen, weil sie an Etty denken musste. Wie sie dachte, im Wald den Kopf freijoggen zu können, aber schnell kein Mensch mehr war, der Sport machte, sondern eine Frau, die Angst hatte.

Ich gebe *Badeanzug mit Bein* ein. Wieder steht da *Bademode für mollige Frauen*. Badeanzüge mit Bein gibt es erst ab Größe 42. Ich darf einfach keine Pantys tragen wollen. Ich darf keinen Geschmack haben. Ich muss mich mit dem einzigen Schnitt zufriedengeben, der nun mal für mich vorgesehen ist. Immerhin darf ich noch die Farbe wählen. Ich wähle Schwarz.

Großmutter hat Wortfindungsstörungen. Immer, wenn sie nicht weiß, was sie sagen will, sagt sie *Scheiße*. Brauchst du noch ... Scheiße – und dann erst, was sie eigentlich sagen will.

Sie merkt gar nicht, dass ich das lustig finde. Überhaupt ist sie heute ganz anders. Kein Wunder, nach diesem Start in den Tag.

Eigentlich habe ich davon wenig mitbekommen. Erst jetzt, wo der Bestatter uns die Hände schüttelt, fällt mir sein akkurat geschnittener Bart auf.

Hast du den ... Scheiße?, fragt Großmutter, ich meine den Prospekt?

Ich lasse ihn so in der Hand flattern, dass er fast ihre Nase berührt.

Ich habe alles, sage ich, und zum Bestatter gewandt: Auf Wiedersehen und vielen Dank.

Ja, vielen Dank, murmelt Großmutter. Es dauert ein paar Sekunden, bis ich verstehe, warum sie nicht Auf Wiedersehen sagt.

Ich schiebe sie um die Ecke herum. Die Tür zum Restaurant steht offen. Der Kellner ist wieder da. Diesmal nennt sie ihn Heinrich. Der Rollstuhl, in dem Großmutter neuerdings sitzt, passt gerade so in dieses Restaurant. Immerhin gibt es eine Rampe.

Großmutter wird nie mehr alleine rausgehen können. Sie würde schon an der ersten Bordsteinkante scheitern. Diese Stadt ist voll von Bordsteinkanten.

Wenn Großmutter schon keinen Elektrorollstuhl kriegt, einen mit einem Joystick auf der Armlehne, hätte ich wenigstens gern einen, der wie ein ferngesteuertes Auto funktioniert. Dann könnte ich sie durch die Straßen dirigieren, anstatt mich vollkommen fertig zu machen.

Meine Arme zittern immer noch. Ich fürchte mich jetzt schon vor dem Nachhauseweg.

Heute bestelle *ich* Spinat. Großmutter trinkt zur Feier des Tages durch einen Strohhalm. Wir feiern, dass ihr der Name der Blumen eingefallen ist, die sie sich für ihre Beerdigung wünscht. Dafür hab ich ihn schon wieder vergessen. Zum Glück hat der Bestatter mitgeschrieben.

Und, was sagst du?, fragt Großmutter. Bist du mit allem einverstanden?

Ich staune, worüber du schon alles nachgedacht hast, sage ich. Im Grunde hast du ja bereits die gesamte Zeremonie geplant.

Ich hatte viel Zeit, antwortet sie.

Anders als Etty, denke ich. Aber das ist furchtbar ungerecht. In mir entstehen sowieso nur noch ungerechte Gedanken. Es ist schrecklich. Ich bin schrecklich.

Ich sehe Großmutter an und kann mir immer noch nicht vorstellen, dass sie mir eines Tages nicht mehr gegenübersitzen wird. In meiner Erinnerung sah sie immer so aus wie jetzt. Aber wenn ich länger nachdenke, kommen mir Bilder ins Gedächtnis, wo sie meine Hand hält und mit mir zur S-Bahn rennt, in langen Schlangen vor Toiletten oder an der Kasse im Supermarkt ansteht oder stundenlang durch einen Wald läuft, und wie ich bei all diesen Gelegenheiten zu ihr hochgeschaut habe. Ich versuche, mich an ihr Gesicht von damals zu erinnern, aber es gelingt mir nicht. Selbst wenn sie schon immer so ausgesehen haben sollte, müssen ihre Knochen mal jünger gewesen sein als heute, sonst wäre sie dazu nicht imstande gewesen.

Es tut mir leid, dass ich beim Bestatter nur eine stille Zuhörerin gewesen bin. Sicher hatte sie sich etwas anderes erhofft. Eine Begleiterin, die hier und da nachfragt. Ich überlege, ob ich mich doch erklären sollte. Ich fühle mich, als wäre ich immer nur halb bei ihr. Als wäre ich ein Körper, der sein Innenleben im Auto gelassen hat. Vielleicht beunruhigt es sie viel mehr, wenn ich ihr nichts erzähle. Bestimmt merkt sie spätestens heute, dass mit mir etwas nicht stimmt. Aber gerade als ich das Schweigen brechen, ihr von der schlimmsten Sache erzählen will, die sich bislang in meinem Umfeld zugetragen hat, da sagt sie: Weißt du, dass ich ganz schön stolz auf dich bin, Kleines? Ich wusste sowieso, dass du die Richtige dafür bist, mich dorthin zu begleiten, aber du bist mit deinen jungen Jahren schon so weit, dass es mich immer wieder überrascht.

Jetzt holt sie Luft. So viele Sätze spricht sie selten am Stück. Sie zieht noch einen Schluck durch ihren Strohhalm, dann spricht sie weiter.

Der Tod ist wirklich das Schlimmste, was einem im Leben passiert. Man sollte ihm aber kein allzu großes Gewicht beimessen. Stell dir mal vor, wir würden jeden

Tag den ganzen Tag an unser Ende denken, das wäre doch fürchterlich! Jedenfalls keine Ahnung, wie du das machst, so aufgeräumt zu sein, aber du hast mir wirklich sehr geholfen. Danke, dass du dabei warst. Jetzt kann ich beruhigt ableben.

Ach, Omama, denke ich, während sie erneut Luft holt.

Sie hebt ihr Glas und prostet mir zu. Ich lächle so sehr, dass es wehtut.

Sie will heute nur Dessert. Das schmeckt ihr hier am besten, sagt sie.

Die neue Speisenkarte fällt ihr sofort auf.

Was ist denn Crêpes?, fragt sie, wobei sie es ausspricht, als ginge es um Bastelpapier.

Eierkuchen, sage ich.

Ach so? Und woher weißt du das?

Keine Ahnung, das ist einfach der französische Name dafür.

Großmutter schaut mich empört an. Aber ich weiß nicht, worauf sich ihre Empörung bezieht. Darauf, dass ich ein Wort Französisch verstehe, oder darauf, dass es nicht Eierkuchen heißt.

Also, ich bestelle jetzt einen *Eierkuchen*. Mal sehen, ob Heinrich weiß, was das ist, sagt sie.

Natürlich weiß er das.

Der ist ja auch ein Ostdeutscher, sagt Großmutter, als der Kellner, ohne noch einmal nachzufragen, den Eierkuchen notiert und Richtung Küche läuft.

Als er weg ist, regt sich Großmutter aber erst so richtig auf.

Ich meine, wie doof ist das denn? Denken die etwa, dass *hierher* Franzosen zum Essen kommen? Wer von den Leuten, die in Halle an der Saale wohnen, soll denn bitte schön wissen, was Kreppes ist?

Ein bisschen sieht es so aus, als wäre Großmutters Strohhalm ein Mikrofon. Sie spricht direkt hinein.

Schon wieder finde ich sie lustig. Aber immer bekomme ich ein schlechtes Gewissen deswegen. Ich weiß nicht, ob man seine Großmutter niedlich finden darf. Es kommt mir so vor, als ginge dadurch eine Portion Respekt verloren. Andererseits fühlt es sich sehr ausgleichend an. So, als würde ich mich um das Kind kümmern, das sie jetzt ist, weil sie sich früher um das Kind gekümmert hat, das ich mal war.

Als der Eierkuchen kommt, hab ich Angst, dass sie ihn vor lauter Wut gar nicht genießen kann. Aber jetzt ist der Rauch verflogen und sie mümmelt ihn in großen Stücken in sich hinein.

Bist du satt?, frage ich, als sie fertig ist. Denn ein Eierkuchen zum Mittagessen hätte Großmutter früher nie im Leben gereicht.

Pappsatt, sagt sie aber.

Nun steht der Rückweg an. Der Kellner hilft uns freundlicherweise bei den ersten beiden Bordsteinkanten. Weil Großmutter wieder knausrig mit dem Trinkgeld war, schiebe ich ihm zum Abschied noch einen Fünfer in die Hand.

Sie schweigt, während ich Slaloms um die Schlaglöcher fahre, die hier sogar in den Gehwegen sind. Wenn der Eierkuchen jetzt wieder aus Großmutter rauskäme, würde es mich nicht wundern. Historische Altstädte sind zwar schön anzusehen, aber wie soll man darin mit einem verdammten Rollstuhl unbeschadet von A nach B kommen?

Endlich am Turm angekommen, will Großmutter aufstehen. Zum Glück spüre ich, dass sie unruhig wird und sich nach vorne schiebt, bevor ihre Füße den Boden berühren.

Mensch, Großmutter, rufe ich, jetzt bleib halt mal sitzen. Du kannst den Stock auch von dort aus schwingen.

Sie dreht sich zu mir um und sieht plötzlich aus wie ein sehr kleiner Hund, der gerade einen Klaps bekommen hat. Ich löse ihren Stock aus der praktischen Befestigung, wo sich, wenn der Rollstuhl ein Kinderwagen wäre, wahrscheinlich ein Halter für die Nuckelflasche befände. Ich reiche ihn ihr. Wahrscheinlich ist sie überrascht, dass ich wusste, wonach ihr der Sinn stand. Sie schiebt sich im Sitz wieder zurück und rückt die Füße auf den Brettern zurecht.

Natürlich ist der Stock zu lang, um ihn im Sitzen zu schwingen, das merkt sie gleich. Sie versucht es trotzdem ein zweites Mal, aber dann lässt sie es bleiben und zieht ihn einfach hinter sich her.

Ich schiebe sie in den Fahrstuhl hinein. Mit dem Griff ihres Stocks schlägt sie auf die Sieben.

Türen schließen, sagt der Fahrstuhl.

Das haben sie neu gemacht, wegen der Blinden, sagt Großmutter. Ich hab zwar noch keinen einzigen Blinden hier gesehen, aber bitte sehr.

So wütend, wie sie klingt, frage ich mich, ob sie der Besuch beim Bestatter mehr verstimmt hat, als sie zugeben würde. Sie hat so viel Wut in sich, da muss noch was raus:

Überall wird man jetzt wie ein Idiot behandelt. Das ist so ätzend. Ich sehe doch, dass die Tür zugeht, meine Güte!

Ja, aber die Blinden sehen es nicht, sage ich.

Etage sieben, sagt der Fahrstuhl.

Siehst du, sagt Großmutter. Ich hab doch auf die Sieben gedrückt, wo sonst als im Siebten soll der Fahrstuhl also halten? Das muss man mir doch nicht nochmal sagen. Ich bin doch nicht blöde!

Ja, aber, setze ich an, doch Großmutter flucht weiter, während ich sie durch den Gang zu ihrer Wohnung schiebe.

Früher gab's doch auch keine sprechenden Fahrstühle. Und wir sind trotzdem angekommen. Also wirklich!

Sie sucht ihren Schlüssel in der Handtasche.

Ich sehe, wie einfach es für einen bösen Menschen wäre, ihr die Tasche wegzuziehen und sich Zutritt zu ihrer Wohnung zu verschaffen. Jemand könnte ihr von hinten gegen den Kopf schlagen oder den Rollstuhl mit Anlauf zu den Treppen schieben und ihn dann an der obersten Stufe loslassen. Großmutter ist so klein geworden, in diesem Rollstuhl, so angreifbar.

Aber wir sind allein auf der Etage. Es ist ganz still. Nicht einmal der Fahrstuhl macht Geräusche. Großmutter brummelt vor sich hin, bis sie den Schlüsselbund endlich gefunden hat und die Stille mit dem Geklapper durchbricht. Es ist ohrenbetäubend, wie diese Metallteile aneinanderkrachen, sie eines von ihnen ins Schloss steckt und zwei Mal darin herumdreht, als würde sie mein Gehirn aufbrechen.

Ich schiebe sie bis zu ihrem Sessel, greife unter ihre Achselhöhlen und helfe ihr, sich hinzusetzen. Aber sie hilft nicht mit. Sie lässt sich einfach nach hinten fallen und landet nur mit einer Pobacke auf dem Sessel.

Sie schaut erschrocken und gleichzeitig vorwurfsvoll, während sie die Finger in die Lehnen krallt und mit letzter Kraft die andere Pobacke nachzieht.

Eigentlich will ich nicht sterben, sagt sie jetzt und fängt an zu weinen.

Wusst' ich's doch. Es wäre fast gruselig gewesen, wenn

Großmutter der einzige Mensch auf der Welt wäre, der kein Problem mit seiner Sterblichkeit hätte.

Ich nehme ihre Hand und streiche über ihre dicken Adern und die Flecken, bei denen mir jetzt auffällt, dass sie früher noch nicht dort waren.

Ein Teil von mir wird dich begleiten. So wirst du nicht ganz alleine da oben sein oder wo auch immer man dann ist, wenn man tot ist.

Sie schaut mich an, mit ihren verquollenen Augen, und zieht den Rotz hoch. Sie atmet schwer, während sie mit den Fingern ihrer freien Hand in der Sesselritze herumpult. So lange, bis sie gefunden hat, was sie dort sucht: ein zusammengeknülltes Taschentuch mit rosafarbener Spitze. Es dauert einen Moment, bis sie es auseinander hat. Die alten Popel knacken und knistern. Es klingt wie verleimtes Papier. Sie schnäuzt hinein. Wobei das sehr verniedlichend ist. Großmutter hat sich noch nie geschnäuzt. Als Kind dachte ich, die Gläser zerspringen, wenn Großmutter in ihr Taschentuch getrötet hat. Heute mache ich mir Sorgen um ihr Gehirn, das aber noch intakt zu sein scheint.

Wieder schaut sie mir in die Augen und legt all ihre Liebe in diesen Blick.

Und wenn ich sterb, dann stirbt nur ein Teil von mir, singt sie mit ihrer verheulten Stimme.

Und stirbst du, bleibt deine Liebe hier, singe ich.

Sie trocknet ihre Tränen, während ich meine unterdrücke.

Als ich wieder im Auto sitze, habe ich plötzlich dieses Zuhausegefühl, von dem ich dachte, dass es mir abhandengekommen sei. Soll nun mein Auto mein Zuhause sein? Ich könnte die blöde Wohnung kündigen. Sie wird nie an das Auto heranreichen. Ich brauche keine Wohnung, die ich nicht mag. Vor allem nicht zu diesem Mietpreis.

Die Autobahn ist erschreckend leer. In meinem Kopf dreht sich der Peter Maffay-Song. Ich muss an Alexa denken. Jetzt würde ich es praktisch finden, wenn sie ihn mir spielen würde.
Aber ich hab doch ein iPhone. Das kann das doch auch!

Hey Siri, sage ich.
Keine Reaktion.
Hey Siri, sage ich etwas deutlicher, aber sie reagiert immer noch nicht.
Ich drücke lange auf den Home-Button. Als Siri aktiviert ist, sage ich: Spiel mir *Und wenn ich geh, dann geht nur ein Teil von mir* von Peter Maffay.
Im Augenwinkel sehe ich, dass sich etwas regt. Das Gerät bemüht sich, mir den ersten Wunsch, den ich jemals da hineingesprochen habe, zu erfüllen.
Ich fange schon an zu summen, verringere den Druck aufs Gaspedal und bleibe in der Schunkelgeschwindigkeit von hundert Stundenkilometern. Aber jetzt sagt Siri: Leider kann ich *Und wenn ich geh, dann geht nur ein Teil von mir* von Peter Maffay nicht finden. Überprüfe, ob das der richtige Titel ist.
Oh Mann, woher soll ich das denn wissen? Heißt der vielleicht nur *Wenn ich geh*?
Siri rödelt wieder. Jetzt sagt sie: Für die Wiedergabe lege bitte fest, mit welcher App dieser und weitere Songs geöffnet werden sollen.
Ja, hallo, ich fahr grad Auto, verdammt! Ich will einfach nur den Song hören.
Leider kann ich *Ja, hallo, ich fahr grad Auto, verdammt!*

Ich will einfach nur den Song hören nicht finden. Wenn du möchtest, kann ich mit einer Google-Suche fortfahren.

Leck mich am Arsch, Siri!, sage ich.

Darauf antworte ich nicht, sagt Siri.

Am liebsten würde ich Großmutter anrufen. Sie singt ihn eh viel schöner als das Original. Aber sie schläft sicher schon.

Es ist dunkel und der Motor dröhnt und ich fahre, fahre, fahre meinen verquollenen Kopf, meine verquollenen Augen über die aalglatte Autobahn. Überall quillt es in mir drin. Ich bestehe aus Tränenmasse und einem Dauerklumpen im Hals, an dem ich vorbei schlucken muss.

Keine Ahnung, wann ich es wirklich glauben werde, dass Etty nicht mehr wiederkommt.

Ich höre Heides Stimme in mir. Wie sie sagt, Etty hätte es verdient, einmal in ihrem Leben Liebe zu erfahren.

Ich will nicht, dass diese Nacht endet. Ich will immer weiterfahren. Ich will Etty nicht aufgeben. Ich glaube, erst jetzt verstehe ich Heides Angst. Dass man Etty vergessen könnte. Sterben ist das eine, Beerdigen das andere. Es ist, als würden wir mit der Beerdigung ihr Sterben einsehen. Aber das tun wir doch gar nicht!

Die Schuldfrage stellt sich jede Minute aufs Neue. Auch wenn sie jetzt einen Namen trägt. Trotzdem bewegt sich das Fragezeichen im Kreis, wie beim Flaschendrehen. Und immer wieder bleibt die Öffnung auf mich gerichtet stehen.

Ich hätte mehr mit Etty reden müssen. Ihr mehr Angst machen müssen. Sie nicht schonen dürfen. Die Welt war noch nie anders, nie ungefährlicher. Das wusste ich. Aber ich hab es ihr nicht oft genug gesagt.

Ich hätte ihr von Situationen erzählen müssen, die mich noch ewig beschäftigt haben. Wie damals, in meiner ersten WG, als es an der Tür geklingelt hat. Als ich an die Gegensprechanlage ging, klopfte es an die Wohnungstür. Ich sah durch den Spion und draußen stand ein Mann mit einem Klemmbrett unter dem Arm. Meine Mitbewohnerin kam gerade, in ein Handtuch gewickelt, aus der Dusche.

Wer ist das?, fragte sie.

Keine Ahnung. Irgendein Typ.

Es klopfte wieder. Diesmal hörten wir auch eine Stimme.

Ich bin von den Wasserwerken, ich komme, um Ihre Zähler abzulesen.

Meine Mitbewohnerin zog die Augenbrauen zusammen.

Lass mich mal sehen, sagte sie und schob mich zur Seite.

Lass den bloß nicht rein, sagte sie, der sieht gefährlich aus.

Auch wenn mein Urteil nicht so hart ausgefallen wäre, war mein Instinkt derselbe.

Wieso sollten wir einen wildfremden Typen, der uns vorher nicht mal per Brief angekündigt wurde, in die Wohnung lassen?

Ich glaube, in dem Moment dachten wir beide an Ilka, die einen Monat zuvor nachts nach Hause gekommen war und, nachdem sie den Schlüssel ins Schloss gesteckt hatte, von hinten ins Haus hineingestoßen, vergewaltigt und ausgeraubt wurde. Und obwohl dieses Verbrechen schon einen Monat zurücklag und wir oft zu Ilka gegangen waren oder wenigstens mit ihr telefoniert hatten, sprachen wir erst an dem Tag, an dem der Wasserwerkemann vor unserer Wohnungstür stand, darüber, was uns selbst schon alles passiert war.

Was ist dir passiert, Etty? Ich habe Angst davor, dass wir morgen nicht nur dich beerdigen werden, sondern auch alle Fragen und Antworten, die uns so fehlen.

Wir kennen jetzt den Namen deines Mörders, aber ich hab das Gefühl, dass wir dadurch nur noch weniger verstehen.

Ich war noch nie gut im Zählen von Menschen. Aber ich bin mir sicher, dass diese Masse dort aus über tausend Leuten besteht. Oder vielleicht aus hundert? Eher zweihundert. Ach, keine Ahnung. Es sind wahnsinnig viele. Immerhin haben sie sich an die Kleiderordnung gehalten. So wie Heide es in die Einladung geschrieben hat. Nur drei tragen trotzdem Schwarz, weshalb sie aus der Masse herausstechen.

Auch Heide sticht heraus. Sie steht zwar da, mitten im Bild, aber ich sehe, dass sie ganz woanders ist. Alle Leute bilden eine Einheit, einen Trauerkreis. Aber Heide ist ihre eigene Einheit. Es wirkt, als würde sie in einem Glaskasten stehen. Gut sichtbar, aber abgeriegelt von allen anderen.

Es tut wahnsinnig weh. Aber ich kann nichts daran ändern. Ich kann sie nirgends hineinbringen und nirgends herausholen – nicht aus ihr selbst, aus der Dunkelheit in ihr drin, die viel düsterer ist als alles, was ich bislang kannte.

Heides Mutter stellt sich neben mich. Es dauert einen Moment, bis ich verstehe, was sie mir sagen will.

Ich weiß ja, dass Heide ... Und dass Etty vielleicht ... Dass ihr das nicht gefallen würde ... Wenn wir hier alle in Schwarz ... Aber es gehört sich nun mal so ... Ich hätte mich komisch gefühlt, hier in einer roten Bluse zu erscheinen.

Mach dir nicht zu viele Gedanken, sage ich. Es ist doch wichtig, dass du dich nicht komisch fühlst, an so einem Tag.

Sie klappt einen kleinen Campingstuhl auseinander.

Meine Beine wollen nicht mehr, sagt sie, ebenfalls mit diesem entschuldigenden Unterton.

Ansonsten spricht hier niemand. Die Kinder weinen und liegen sich gegenseitig in den Armen. Wer von ihnen Etty kannte, weiß sicher nicht einmal Heide genau.

Eine ältere Frau kommt zu uns und begrüßt Heides Mutter. Ich nutze die Gelegenheit, mich wieder zu entfernen. Ich gehe die zehn Schritte zu Heide hinüber, auf deren Schultern etliche Hände liegen. Als sie mich sieht, dreht sie sich höflich aus dem Händestapel heraus, hakt sich bei mir unter und wir gehen ein paar Meter.

Sie sagt etwas. Aber so leise, dass ich Mühe habe, sie zu verstehen.

Was?, frage ich.

Das sind so viele Menschen!

Findest du das gut oder schlecht?, frage ich.

Beides, sagt sie. Die Hälfte von denen hab ich noch nie gesehen. Ich fühl mich so fremd irgendwie, als hätte ich meine Tochter gar nicht gekannt.

Aber hat es nicht auch etwas Schönes, dass sie so viele kannten und mochten?, frage ich.

Doch, sagt Heide, aber von einigen weiß ich, dass sie Etty eben nicht mochten. Da vorne zum Beispiel steht

Kaja. Du erinnerst dich sicher. Neben der saß Etty von der ersten bis zur vierten Klasse. Und ab der fünften war dann jemand anders cooler als Etty, und sie wurde von der besten Freundin zur ärgsten Feindin.

Ich nicke, weil mir die Geschichte plötzlich wieder genauso präsent ist wie damals. Ettys Verzweiflung darüber, wie gemein Kaja von einem auf den andern Tag zu ihr war.

Und das da ist Sigi, sagt Heide. Er war mal verliebt in Etty, als sie zwölf waren oder so. Als sie ihm einen Korb gegeben hat, hat er sie plötzlich als Schlampe bezeichnet.

Auch daran erinnere ich mich. Damals habe ich zu Etty gesagt, dass es für ihren Instinkt spreche, dass sie mit diesem Sigi nichts anfangen wollte. Wer jemanden toll findet, nennt ihn nicht Schlampe, egal, ob die Verliebtheit auf Gegenliebe stößt oder nicht. Ich erinnere mich auch daran, dass sie sagte, dass sie eigentlich mit keinem Jungen etwas anfangen wolle. Sie sei doch erst zwölf. Sie fand, dafür hätte sie später noch genügend Zeit.

Und ich dachte das auch.

Am Grab steht jetzt der Bestatter. Er nickt dezent in unsere Richtung.

Bist du bereit?, frage ich.

Als wir an Heides Mutter vorbeikommen, klappt sie ihren Stuhl zusammen und hinkt uns hinterher. Neben ihr läuft Sophie.

Ich höre die Mutter die gleichen Sätze, die sie zu mir gesagt hat, mit dem gleichen Tonfall wiederholen.

Ich hätte mich komisch gefühlt, hier in einer roten Bluse zu erscheinen. Und Sophie antwortet beinahe das Gleiche wie ich.

Jetzt stehen wir alle vor diesem Loch, das nun die Urne beherbergen soll, in der Ettys zu Asche gewordener Körper liegt. Gleich wird die Urne nicht mehr rosa sein.

Der Bestatter schaut extrem betreten. Ich frage mich, ob es für diesen Beruf eine Prüfung gibt, in der man besonders traurig gucken können muss. Ich bin froh, dass Heide darauf bestanden hat, dass er nicht auch noch eine Rede hält.

Heide greift zuerst in die Schale mit der Erde und wirft sie auf ihr Kind. Danach folgen Blütenblätter, die, soweit ich sehen kann, das Einzige wären, was Etty hier gefallen würde. Auf dem Kreuz ist eine kleine Plakette befestigt, auf der zum Glück zusätzlich zu einer Nummer immerhin Ettys Name steht.

Heide wirkt etwas wacklig. Ich greife ihr von hinten unter den Arm. Nach ihrer Hand greifen alle anderen, die jetzt nacheinander das gleiche Prozedere durchlaufen. Alle Erde- und Blütenblätterreste werden in Heides rechte Hand geschmiert. Alles bleibt an ihr hängen. Alles.

Heides Mutter hat ihren Campingstuhl wieder aufgeklappt. Sie nimmt die Kondolenz im Sitzen an.

Die Menschenschlange bewegt sich sehr langsam und beinahe geräuschlos, wären da nicht die ganzen Tränen.

In Zeitlupentempo kriecht die Schlange vorwärts.

Danke, sagt Heide immer wieder, danke.

Wenn sich einer umdreht, damit die Schlange in Bewegung bleibt, höre ich Sätze wie:

Es ist immer noch unbegreiflich.

Schrecklich ist das.

So fürchterlich.

Einfach nicht zu verstehen.

Mit der rechten Hand halte ich Heide fest. Meine linke Hand hält die von Sophie. Hinter uns der Baum, der auf Etty aufpassen wird, sobald wir gehen.

Wir stehen lange so da und sehen den vielen Händen zu. Ich glaube, dass Heide nicht klar war, was das bei der Anzahl an Menschen für sie bedeuten würde. Wenn sie gewusst hätte, wie viele kommen würden, hätte sie sicherlich auch diesen Punkt der klassischen Zeremonie abgewählt. Aber jetzt kommt sie da nicht mehr raus. Sie schüttelt die Hände der Eltern. Sie schüttelt die Hände der Lehrer. Sie schüttelt die Hände der Kinder.

Je näher die Kinder kommen, desto älter werden sie. Von weitem sehen sie ganz klein und zart aus, und so, als hätten sie einhundert Asse im Ärmel. Aber wenn sie vor uns stehen, mit ihren hochgezogenen, schmalen Schultern, mit ihrer Verzweiflung darüber, dass so etwas möglich ist, ihrer Angst davor, dass noch jemand von ihnen auf so eine brutale Weise ausgelöscht und aus ihren Reihen gezogen werden könnte, dann sehen sie gar nicht mehr jung aus. Es ist, als würden sie die paar Schritte bis zum Grab in einen anderen Körper schubsen. Sie machen eine grausame Verwandlung durch, die wir mit ansehen müssen.

Jetzt kann ich endlich das Ende der Schlange erkennen. Bald haben wir es geschafft. Ich ertappe mich dabei, wie ich den Countdown herunterzähle. Obwohl ich mich total schäme, kann ich es nicht abstellen. Es erinnert mich an den Tick von Sophie, wenn sie das Essen auf die Teller tut. Dann zählt sie die Kartoffeln und jeden Löffel, den sie darauf ablädt, mit. Vielleicht hat sie mich angesteckt. Immerhin schaffe ich es, den Mund beim Zählen geschlossen zu halten.

Heides Mutter klappt ihren Campingstuhl zusammen. Das erinnert mich wiederum an die Leute, die den Abspann im Kino nicht abwarten, sondern mit der ersten Note der Abspannmusik aufstehen und sich ihre Jacke anziehen.

Ich hasse mich gerade so. Warum habe ich solche Gedanken?

Heides Mutter legt die Hand auf die Schulter ihrer Tochter und sagt: Wir lassen euch noch einen Moment allein.

Jetzt fällt mir ein, dass Heides Mutter sicher schon bei sehr viel mehr Beerdigungen war als wir und genau weiß, was wann zu tun ist.

Als Heide nickt, gehen wir im Entenmarsch rüber zum Partyzelt, das ich so nicht nennen darf, das hat Sophie mir verboten, nachdem ich Fernandas Worte wiedergegeben hatte.

In so einem Partyzelt könnt ihr wenigstens das Essen unterstellen, hatte sie gesagt. Aber Sophie hat die Augen verdreht, weil für sie das Wort *Party* genauso wenig auf eine Beerdigung gehört wie für Heides Mutter eine rote Bluse.

Wir haben es trotzdem aufgebaut, Fernanda und ich. Und wie ich jetzt sehe, bildet es auch wirklich den gewünschten Mittelpunkt, an dem sich alle versammeln und nach den Häppchen greifen.

Mit unserem Erscheinen ist es für einen Moment still. Es scheint, als müssten neue Themen gefunden werden.

Sophie hat die meisten der Gäste darauf hingewiesen, den Namen des Mörders nicht auszusprechen. Am besten heute nur über Etty zu reden. Alle haben die Zeitung gelesen und würden wahrscheinlich gern etwas über diesen Nachbarn wissen wollen. Aber dem, so hat es Sophie gesagt, werde heute kein Platz eingeräumt. Außerdem würden wir viel weniger über ihn wissen als Journalisten, die jetzt vermutlich alles, was möglich ist, über ihn recherchieren.

Katharina empfiehlt mir den veganen Kuchen. Während ich mir ein Stück nehme, gießt sie mir Kaffee ein. Als ich den ersten Schluck nehme, fragt sie mich, wann Heide denn wieder arbeiten gehen wolle.

Der Kaffee ist nicht besonders heiß, auch nicht besonders lecker. Aber das wäre kein Grund gewesen, ihn auszuspucken. Das ist mir noch nie passiert. Ich dachte, es gäbe diesen Reflex nicht. Ich dachte, das sei eine unterhaltsame Art, Schauspieler ausdrücken zu lassen, dass sie irgendwas schockiert. Aber es *ist* ein Reflex! Der Kaffee schwappt einfach aus mir heraus. Am liebsten würde ich den restlichen Inhalt des Bechers über Katharinas Kopf leeren. Aber das wäre dann Schauspiel und kein Reflex mehr.

Stattdessen frage ich sie, ob das ihr Ernst sei. Ob sie auf diese Frage wirklich eine Antwort erwarte. Jetzt? Heute? Hier?

Sie schaut mich erschrocken an. Sie erwidert nichts. Entweder, weil ihr jetzt klar wird, was sie gerade gesagt hat, oder weil sie nicht weiß, wo mein Problem liegt.

Ich kenne Katharina kaum. Sie sitzt einmal im Jahr an Heides Geburtstagstafel und trinkt zwei Liter Rotwein. Und jedes Jahr erzählt sie, dass sie gerade ein Theaterstück schreibt. Jedes Jahr handelt es vom Kapitalismus und jedes Jahr ist sie gerade bei dieser einen Szene, in der ein Mann ins Kaufhaus kommt und den Verkäufer fragt, ob ihm das Geld, das auf dem Preisschild für ein *Levis*-Shirt stehe, einmalig oder monatlich ausgezahlt werde. Jedes Jahr erzählt sie die Szene zu Ende. Dass der Verkäufer die Frage nicht verstehe und der Mann dem Verkäufer erklären müsse, dass er doch einen Lohn dafür verdiene, wenn er quasi als Werbeträger für *Levis* durch die Gegend laufe. Alle Geburtstagsgäste kennen diese Szene mittlerweile auswendig. Jedes Jahr sagt Katharina, dass sie uns das Manuskript gern schicken würde, damit wir ihr sagten, wie wir es fänden. Jedes Jahr schickt sie es nicht.

Zum Glück unterbricht Ettys Erzeuger unser Gespräch, das eigentlich gar keins ist. Er heißt Kasper. Immer wenn ich ihm begegne, geht mir diese alberne Eselsbrücke durch den Kopf, dass sein Name irgendwas mit Clowns zu tun hat. Clown – lustig – Kasper, so erinnere ich mich an den Namen von Ettys Vater. Ich brauche diese Eselsbrücke, weil ich immer noch zählen kann, wie oft ich ihn bisher gesehen habe.

Kasper umarmt mich. Das tut er zum ersten Mal. Ich spüre seine Muskeln unter dem Jackett. Ein mäßig großer, aber massiger Kerl ist dieser Kasper. Die Muskeln passen nicht zu seiner spannungslosen Gestalt.

Ich frage, wie es ihm geht, obwohl ich es schon weiß. Von Heide. Es gehe ihm schlecht, hat Heide gesagt. Er wolle da sein, aber könne es nicht. Er würde den Schmerz nicht aushalten, wenn er Heide gegenübersäße, deswegen bliebe er lieber allein.

Kasper schaut mich an.

Es ist alles so furchtbar, sagt er. Seine Neue stellt sich neben ihn. Sie lächelt. Es scheint ihre erste Beerdigung zu sein. Oder sie ist eine von denen, die lachen müssen, wenn alle anderen traurig sind. Mir bleibt nichts anderes übrig, als zurückzulächeln, obwohl mir gar nicht danach ist.

Da Kasper jetzt schweigt und ich auch nicht weiß, was ich sagen soll, lasse ich meinen Blick über die Wiese schweifen.
Plötzlich muss ich an Rebecca Reusch denken. Ich glaube, ich habe alle Artikel über ihr Verschwinden gelesen. Und alle Interviews mit ihrer Familie gesehen.
Sie haben mir unendlich leidgetan. Ich hätte ihnen so gewünscht, dass sie Rebecca finden, weil sie sich der Presse gegenüber so geöffnet haben. Das wäre nur fair gewesen. Aber das arme Mädchen ist immer noch verschollen.

Irgendwie kommt es mir plötzlich beinahe irrsinnig vor, dass hier niemand ist, der darüber berichtet, dass Etty heute beigesetzt wird. Das vierzehnjährige Mädchen, das vor wenigen Wochen brutal vergewaltigt und anschließend ermordet wurde. Die paar Artikel, die zu der Tat geschrieben wurden, zitieren sich gegenseitig, und es ist nur eine Frage der Zeit, wann das letzte Wort dazu geschrieben sein wird.
Wollen wir das? Wieso schweigen wir? Wieso nehmen wir all die Verbrechen hin?
Machen wir uns nicht mitschuldig? Daran, dass es niemanden in diesem Land zu interessieren scheint, dass alle zwei, drei Tage weibliche Menschen ermordet werden. Hätte Heide sich *RTL* gegenüber öffnen sollen? Hätte das etwas geändert? Müssten nicht alle so wie Familie Reusch handeln und sich den Pressefragen stellen? Sollten wir nicht den Mund aufmachen? Und sollten wir dafür nicht sogar Medien nutzen, die wir selbst nicht konsumieren, weil sie eine größere Reichweite haben?

Müsste nicht jeden Abend in den Nachrichten die Wahrheit abgebildet werden? Darüber, dass Mädchen und Frauen in permanenter Gefahr sind. So lange, bis endlich Handlungen folgen, von Politik, Justiz, Pädagogik.

Ich höre Fernandas Stimme. Worüber ich gerade nachdenken würde, fragt sie. Ich sähe so konzentriert aus.

Ach, keine Ahnung, sage ich, es ist wirklich alles so furchtbar.

Danke für alles, sagt Heide.

Weil wir eh nur sowas wie *Ist doch klar* sagen könnten, fragt Sophie, ob Heides Mutter schon schlafen gegangen sei.

Ja, sagt Heide.

Die Nacht drückt von außen gegen die Scheibe. Einerseits fühlt es sich besser an, dass es jetzt einen Ort für Etty gibt. Andererseits fürchte ich, dass Heide jetzt in ein noch größeres Loch fallen könnte.

Sie zitiert die Worte ihrer Mutter, die sie nach der Beisetzung gesagt hat: Jetzt beginnt ein neues Kapitel, Heide, du wirst schon sehen, es geht wieder bergauf.

Oh Mann, sagt Sophie. Wieso ist sie mir gegenüber immer so emphatisch, und dir gegenüber haut sie solche dämlichen Sätze raus?

Weil du ihre Wahltochter bist, sagt Heide.

Ein neues Kapitel fing an, als Etty eingeschult wurde, sagt Sophie, aber doch nicht heute!

Eigentlich glaube ich, dass meine Mutter das auch so sieht. Aber sie erträgt es nicht zu schweigen. Je beschissener die Situationen, desto größer ihr Bedürfnis, irgendwas Tröstliches zu sagen. Vielleicht denkt sie auch, dass ich das von ihr erwarte.

Ich überlege, ob ich vom bekloppsten Spruch *meines* Tages erzählen sollte, der gleichzeitig erklären würde, warum Katharina mit einem riesigen Kaffeefleck auf der Bluse herumgelaufen ist. Aber ich entscheide mich dagegen. Ein bekloppter Spruch pro Tag muss reichen.

Und wie ging es dir heute mit Kasper?, fragt Sophie.
Wenn ich ehrlich bin, habe ich heute gemerkt, dass ich ihn eigentlich hasse, sagt Heide.
Das ist interessant. Weil Heide ein Mensch ist, der jemanden selbst dann noch in Schutz nimmt, wenn alle anderen ihn schon mit ganzer Kraft verfluchen.
Ich musste heute an die vielen kruden Situationen mit ihm denken. Zum Beispiel an die kurz nach Ettys Einschulung, zu der er nicht gekommen war, weil er angeblich arbeiten musste. Stattdessen wollte er doppelt mit ihr feiern, an ihrem Geburtstag, der ein paar Tage später war. Etty war schon angezogen. Sie stand mit ihrem kleinen Köfferchen hier im Flur und hat ein selbstgedichtetes Papa-Lied gesungen. *Wer macht mir heut mein Happa, der Papa, der Papa.* Weil er ihr unter anderem versprochen hatte, dass es an ihrem Geburtstag das beste Essen gäbe, das sie jemals gegessen hätte. Und er wollte mit ihr zum Spielplatz, ins Schwimmbad, zum Jahrmarkt, ach, was der alles aufgezählt hat!
Und dann?, fragt Sophie, obwohl ich mir sicher bin, dass sie sich an die Geschichte genauso gut erinnert wie ich.
Und dann kam er nicht, sagt Heide. Ich hab ihn angerufen, aber es ging sofort die Mailbox an. Ehrlich gesagt war mein erster Gedanke der, dass ihm irgend-

was passiert sein muss. Aber das kann man einem sechsjährigen Kind ja schlecht sagen, wenn es wissen will, was los ist. Ich hab also gesagt, dass ihm bestimmt was sehr Dringendes dazwischengekommen sei.

Sie wird rot im Gesicht. Das ist wohl das Hassgefühl.

Was meint ihr, wie es mich angekotzt hat, als genau das dann tatsächlich sein Argument war, als er sich eine Woche später mal bequemt hat, mich zurückzurufen?

Und was war so dringend, dass er nicht mal absagen konnte?, fragt Sophie.

Weißt du, sagt Heide, wenn es wirklich dringend gewesen wäre, dann könnte ich mich sicherlich heute noch daran erinnern. Aber ich wusste es schon ein paar Tage später nicht mehr.

Sophies Gesichtsausdruck ähnelt gerade ein bisschen dem des Bestatters.

Ich verstehe einfach nicht, warum dieser Mann ein Kind haben wollte, spricht Heide weiter. Und vor allem verstehe ich nicht, warum er so wenig Zeit mit ihr verbracht hat. Ich meine, mir fällt einfach kein Grund ein, warum man mit diesem wundervollen Wesen keine Zeit verbringen, ihr keine Freude machen wollte. Und dieses ganze Gerede von *Natürlich liebe ich mein Kind, aber ich hab halt einfach keine Zeit*, das kann er sich in den Arsch schieben!

Jetzt sowieso, sagt Sophie.

Das lassen wir so stehen. Mehr gibt es dazu nicht zu sagen.

Als Sophie Kaffee einschenkt, fällt mir der Birnensaft ein, den ich Großmutter mitbringen wollte. Ich überlege, ob ich mir eine Erinnerung ins Handy tippen sollte, aber es kommt mir unpassend vor, es jetzt rauszuholen.

Die Tassen hat meine Mutter mitgebracht, sagt Heide.

Jetzt verstehe ich, warum wir um diese Uhrzeit nochmal Kaffee trinken. Heide will die Tassen einweihen. Sie sehen schön alt aus, mit Blümchenmuster und Goldrand.

Ich greife nach der passenden Zuckerdose, in der ein unpassender Löffel steckt.

Was ist denn das für ne Beule in dem Löffel?, frage ich.

Das ist der pädagogische Zuckersparlöffel von *Lidl*, sagt Sophie.

Hä?

Ja, ich war heut bei *Lidl* einkaufen. Da gab's den sogenannten Zuckersparlöffel gratis dazu.

Aha, sage ich, aber liegt das Zuckerproblem der Leute nicht eher an den *Lidl*-Fertiggerichten? Oder will *Lidl* sich jetzt etwa entkapitalisieren und mithilfe dieses ausgebeulten Löffels weniger Zucker verkaufen?

Keine Ahnung, was die wollen. Aber immerhin ist er nicht aus Plastik, sagt Sophie.

Also, bei mir sorgt der Löffel eher dafür, dass ich mich frage, ob ich zwei statt einen in die Tasse tun muss, damit der Kaffee so schmeckt wie immer, sage ich.

So oft wünsche ich mir, während wir so dasitzen und reden, dass wir aus einem anderen Grund beisammen wären. Zum Beispiel einfach nur, weil wir uns mögen.

Aber dann wäre Ettys Tür geschlossen, und wir würden hin und wieder Gekicher aus ihrem Zimmer hören. Zwischendurch würde sie rauskommen, sich zu uns setzen und uns zuhören. Sie würde sich ein Glas Mandelmus nehmen und mit dem Löffel darin herumfuhrwerken. Wenn sie den Zuckersparlöffel von *Lidl* gegriffen hätte, würde sie sich darüber genauso lustig machen wie wir, ihn aber mit Genuss benutzen. Sie würde sehr viel lachen über das, was wir erzählen, weil sie es peinlich fände oder unvorstellbar. Sie würde uns nach unserer Arbeit fragen und sich versichern lassen, dass ich sie wirklich eines Tages zu einem Bauern mitnähme, spätestens wenn sie ihr erstes Praktikum mache. Sie würde einer von uns die Haare flechten wollen oder die Nägel lackieren. Sie würde uns über Veganismus aufklären und darüber, wie lange wir, wenn es mit dem Klimawandel so weiterginge, noch zu leben hätten.

    Aber so ist es nicht. Jede Sekunde wird uns in den Kopf gehämmert, was der Grund dafür ist, dass wir schon wieder aufeinanderhängen.

Heide erzählt von ihrer Therapie. Alles, was sie von der Psychologin berichtet, klingt so sympathisch, dass die Frau mit hier am Tisch sitzen könnte.

    Die schmeißt nicht mit Floskeln um sich, sagt Heide. Das finde ich echt angenehm. Ich schreibe jetzt Tagebuch, weil sie sagt, dass es wichtig wäre, Worte zu finden, nicht zu schweigen. Auch in Vorbereitung auf den Prozess.

    Das ist gut, sagt Sophie, auch in Vorbereitung auf das Treffen mit dem Anwalt.

    Was für ein Anwalt?, frage ich.

    Der wurde mir von einer Juristin aus der Schule empfohlen, sagt Heide. Sie hat ihn als Wadenbeißer beschrieben. Ich glaube, sie meinte das positiv.

    Sie dreht den Zuckersparlöffel zwischen ihren Fingern herum.

    Mal sehen, sagt sie leise. Und nach einer Weile: Über gewisse Dinge werde ich aber vielleicht nie reden wollen, und vielleicht auch nie schreiben wollen.

Du meinst M. N.?, fragt Sophie.

Ja, antwortet Heide. Und ich möchte auch nicht mit jedem dahergelaufenen Menschen darüber reden, wie es mir damit geht, dass mein vierzehnjähriges Kind vor ihrem Tod vergewaltigt wurde. Ich will das einfach nicht.

Wie kommst du denn darauf? Hat dich schonmal jemand darauf angesprochen?, fragt Sophie.

Ja, sagt sie, auf der Beerdigung.

Ich bin mir sicher, dass sie Katharina meint. Ich hätte den Kaffeebecher doch über ihren Kopf leeren sollen!

Wir sind so müde. Von den Menschen. Denen, die gestorben sind, und denen, die uns umgeben.

Ich geh jetzt ins Bett, sagt Heide.

Sophie und ich laufen zusammen bis zur Brücke. Bis zu dem Punkt, an dem sich unsere Wege trennen. Am Kanal steht die Nacht mit uns zusammen still. Wir schauen uns an. Es ist, als hätte man uns die Haut abgezogen. Ich kann Sophies Innenleben sehen und spüre, dass es ihr mit mir genauso geht. Worte finden wir heut keine mehr. Wir nehmen uns einfach nur sehr lange in die Arme. Dann dreht sie sich um und geht. Es könnte eine Filmszene sein, wie sie sich von mir entfernt, in diesem dämmerigen orangefarbenen Licht.

In der Wohnung ist alles wie gehabt. Niemand da, außer den Geräuschen, die ich selbst erzeuge.

Keine Ahnung, ob die Wohnung weniger hässlich wäre, wenn ich sie wann anders bezogen hätte. An einem Tag, der nichts mit Ettys Tod zu tun hätte. Auf diese Kisten zu gucken fühlt sich ähnlich an, wie an Heides Fenster zu stehen und auf das Gestrüpp zu schauen, wo Etty ihre letzten Atemzüge machte, wo sie ihre letzten Minuten verbrachte, in denen sie Angst hatte, sich gegen jemanden wehren, gegen jemanden verlieren musste, der es alles andere als gut mit ihr meinte.

Ich bin mir sicher, wenn ich die Kisten auspacken würde, würde es sich anfühlen wie Verrat. Immerhin kann Heide an dem Ausblick auf das Gestrüpp nichts ändern. Das bleibt, genau so, wie es ist, vor ihrem Fenster stehen.

Der Mann gegenüber bekommt gerade sein Abendessen. Ich kann von hier aus erkennen, dass das Tablett mit dem beigefarbenen Deckel dem verblüffend ähnlich sieht, das mir mal an das Krankenhausbett gebracht wurde, in dem ich mit einem Gipsbein erwachte. Wenn auch das gleiche Essen wie im Krankenhaus unter dem Deckel auf ihn wartet, wird er viel Tee brauchen, um das trockene Brot schlucken zu können.

Ich zünde mir eine Zigarette an, leiste dem Mann Gesellschaft.

Im Radio läuft ein Hörspiel. Die Quietschgeräusche, die von anderen wahrscheinlich als Musik bezeichnet würden, sind brüllend laut und scheppern so schlimm, dass ich regelrecht vor mir sehe, wie mein kleines Radiogerät gleich in die Luft fliegt und in viele Teile zerspringt. Aber plötzlich ist Ruhe. Dann wird irgendwas gemurmelt. Ich verstehe kein Wort. Wahrscheinlich wurde das Stück für Kopfhörer produziert.

Der Mann kaut. Ich rauche. Von weitem sind wie immer Sirenen zu hören. Wir befinden uns in voller Eintracht, der Mann und ich. Wir sitzen uns gegenüber, an unseren Fenstern, und stehen uns bei, einsam, wie wir sind, hier, in dieser grausamen Großstadt, in der in irgendeiner Nachbarwohnung gerade ein Kind missbraucht, eine Frau geschlagen, ein Baby geschüttelt wird. Ich wünsche mir, dass alle Lichter ausgingen und meine Gedanken gelöscht würden.

Ich würde gern bei null anfangen. Auf Reset drücken. Den Umzug rückgängig machen, noch weitere Jahre zurückgehen. Mich nicht für *Bauer sucht Frau* entscheiden, sondern für eine politische Sendung. Aber da brauchen sie keine Realisatoren, fällt mir ein.

Als der Mann mit dem Essen fertig ist, gehe ich zurück in die Wohnung, zurück zu meinen Kisten und erschrecke vor der Spiegelung meines Körpers im Fernsehapparat. Ich ziehe ein Laken aus einer der Kisten und hänge es über den Screen. Ich werde den verdammten Apparat bei *Ebay Kleinanzeigen* einstellen. Ich hätte wissen müssen, dass ich mit einem Fernseher nicht warm werden würde.

Ich klappe das Laptop auf und gebe *Immobilienscout* in die Suchleiste ein.

Und dann: Einfamilienhaus in Brandenburg. Oder will Heide lieber nach Meck-Pomm? Jedes Foto, auf das ich klicke, gefällt mir total gut. Alles ist besser als Berlin. Vor jedem Haus ist eine Wiese, ein Baum, irgendwas, das riecht und natürlichere Geräusche macht als eine Straßenbahn. Gerade würde ich jedes dieser Häuser mieten. Vollkommen egal, wo es steht. Ich speichere beinahe alle Angebote ab. Wenn ich wieder bei Heide bin, werde ich sie mit ihr zusammen anschauen. Wenn sie keine zweihundert Euro Mieterhöhung zahlen will, für einen Ausblick, der sie immer wieder daran erinnert, dass dort der Mörder auf ihr Kind gewartet hat, dann sollte sie mit mir woandershin gehen. Es fühlt sich schon fast wie ein Plan an.

Das letzte Angebot lasse ich geöffnet, stelle das Laptop vor mich auf den Tisch und lege mich auf die Seite.

Nach einer Weile kann ich Heide vor mir sehen, wie sie

da sitzt, auf der kleinen Bank, die vor dem Fenster auf der Wiese steht. Ich setze mich neben sie. Wir trinken einen Kaffee und überlegen, in welcher Farbe wir die Küche streichen.

Heide lächelt. Sie streckt ihre Beine aus und stöhnt erschöpft.

Bist du müde?, frage ich.

Ja, sehr, sagt sie.

Ich bin zum ersten Mal allein an Großvaters Grab. Komisch, aber ohne Großmutter und ihren tickenden Wecker habe ich das Gefühl, dass an diesem Ort die Zeit stillsteht.

Seit ich hier sitze, habe ich schon vier Mal auf die Uhr geschaut, aber währenddessen hat sich der Zeiger nur zwei Millimeter weiterbewegt. Es ist wahnsinnig langweilig auf dem Friedhof, wenn man keinen Bezug zu Steinen hat. Und wenn das Grab so ordentlich aussieht, dass man nicht mal einen Fitzel Unkraut aus der Erde ziehen kann. Der Gärtner war fleißig. Er hat sogar um das Grab herum geharkt. Und wenn ich jetzt die Blumen gieße, werden sie bestimmt verfaulen. An den Wurzeln würde sich der Schimmel ausbreiten und dann von unten an den Blümchen hinaufkrabbeln, bis sie ihre Köpfe hängen lassen und in sich zusammensinken.

Ich kann rein gar nichts tun. Nur hier sitzen und dreitausend Mal Großvaters Namen, Geburts- und Sterbedatum lesen. *In ewiger Liebe und Dankbarkeit.*

Wofür Großmutter ihm wohl auf ewig dankbar ist? Dafür, dass sie ihm jeden Tag seine Brote schmieren und ihn bei jeder Mahlzeit anflehen durfte, doch noch eine Stulle, eine Kartoffel, einen Bissen mehr zu essen? Dafür, dass sie seine Toilettengänge nutzen durfte, um seinen Aschenbecher zu leeren? Dafür, dass sie seine leeren Bier- und Schnapsflaschen zum Supermarkt hin- und die vollen wieder zurücktragen durfte? Dafür, dass sie trotz der fünfundfünfzig Ehejahre in dem von ihm verursachten Nebel aus Zigarettenqualm nicht krank geworden ist?

Die einzigen Worte, die Großvater an Großmutter richtete, waren solche wie: Stadt in Frankreich mit neun Buchstaben? Danach hat er seinen Daumen angeleckt und die nächste Seite aufgeschlagen.

Ich erinnere mich an das Geräusch, das sein Drehaschenbecher machte. An das Ratschen seines Feuerzeugs, alle paar Minuten, weil da die eine Zigarette geraucht war und die nächste angezündet werden musste. So lange, bis es Abend war und er ins Bett ging, das neben der Toilette der einzige Ort war, an dem er nicht rauchte.

In ewiger Dankbarkeit. Na wenn ihr meint.

Ich bin ehrlich und sage Großmutter, dass ich es ohne sie nur eine halbe Stunde am Grab ausgehalten hätte und dass ich hoffe, dass sie deshalb nicht böse auf mich sei.

Ist schon in Ordnung, sagt sie. Wie sah es denn aus? War der Gärtner da?

Ja, ja, sage ich und zeige ihr das Foto, das ich mit dem Handy gemacht habe.

Oh, wie schön, mein Liebes. Jetzt hast du sogar ein Bild in deinem Gerät. Das kannst du immer anschauen, wenn du an ihn denkst.

Ach, sage ich, da schau ich mir lieber ein Foto von seinem Gesicht an.

Ja, das ist besser, das stimmt. Aber ich hätte gern so ein Foto vom Grab. Jetzt, wo ich alleine nicht mehr hingehen kann.

Ich kann es entwickeln lassen, kein Problem. Ich bring es dir beim nächsten Mal mit.

Begleitet von einem stechenden Schmerz fällt mir leider erst jetzt der verdammte Birnensaft wieder ein.

Das Foto aus deinem Telefon?, fragt Großmutter.

Ja, genau.

Und wie groß ist das dann?

So groß, wie du es haben möchtest, sage ich.

Na das ist ja toll. Sie hält die Hände auseinander und sagt: Dann vielleicht ungefähr so?

Abgemacht.

Weil sie schon gewaschen wurde, soll ich heute aufräumen. Aber immer, wenn ich den Staubsauger anmache, fragt sie mich was.

Und wie ist es denn gerade in Berlin? Ich mach mir jedes Mal Sorgen um dich, wenn ich die Nachrichten sehe. Die demonstrieren da ja täglich gegen irgendwas.

Sag mal, war die Autobahn heute eigentlich voll? Im Radio kam vorhin so eine Staumeldung.

Kannst du nachher mal in die Küche gucken, da ist mir was runtergefallen.

Ich gehe gleich in die Küche und verschiebe das Saugen auf später, wenn Großmutter den Mund voll mit Essen haben wird.

Als es klingelt, habe ich gerade das letzte Reiskorn gefunden und, so wie Großmutter es wollte, zurück in das

Glas getan, aus dem es gefallen war. Ich höre das Geräusch der Rollstuhlbremse, aber ich rufe ihr zu, dass sie dableiben solle. Ich ginge schon.

Mal sehen, was es heute gibt, murmelt sie, während ich auf den Summer drücke.

Lässt du dich immer noch überraschen?, frage ich. Der Speiseplan liegt doch hier irgendwo.

Ach, das ist mir so egal. Ich muss doch sowieso nehmen, was kommt.

Wie lange bekommst du das jetzt schon?, frage ich.

Heute ist der sechste Tag, brummt Großmutter mäßig begeistert.

Schmeckt es dir nicht?

Na ja, sagen wir mal so, es gibt Schlimmeres.

Wenn du möchtest, koche ich dir das nächste Mal was.

Etage sieben, höre ich den Fahrstuhl sagen. Ich schaue um die Ecke, zu dem Typen, der aus der Kabine steigt. Als er mich sieht, bleibt er kurz stehen, schaut an die Wand, vergewissert sich, dass er in der richtigen Etage ist, schaut wieder zu mir, dann auf seinen Karton.

Sie sind schon richtig, sage ich, ich halte nur die Tür auf.

Ach so, antwortet er.

Als er reinkommt, sage ich ihm, wie toll ich es finde, dass er sich schon nach einer Woche Großmutters Gesicht eingeprägt hat.

Ehrlich gesagt hab ich das gar nicht, sagt er, ich war nur irritiert, weil so junge Leute wie Sie bei uns kein Essen bestellen.

Er fragt nach Großmutters Befinden und ob sie schon den Zettel für nächste Woche ausgefüllt habe.

Welchen Zettel?, fragt sie.

Den Speiseplan, sagt er, den ich Ihnen mitgebracht hatte. Darauf können Sie immer für die Folgewoche ankreuzen, welche Gerichte Sie gern haben wollen.

Na siehst du, sage ich.

Ach, antwortet Großmutter, bringen Sie mir einfach irgendwas.

Das machen wir leider nur in der Testwoche, sagt der Typ. Ab nächster Woche müssten die Zettel immer ausgefüllt werden.

Ich will aber keine Zettel ausfüllen, sagt Großmutter, ich habe in meinem Leben genug Zettel ausgefüllt, jetzt reicht es mal mit Zettelausfüllen!

Ich frage mich, welche Stimme da in Großmutters Körper gedrungen ist. Ob *ich* mich vielleicht in der Etage geirrt habe? Wer ist diese Frau?

Wo ist denn der Zettel?, frage ich. Weißt du noch, wo du ihn hingelegt hast?

In den Müll, antwortet sie schnippisch.

Ich verkneife es mir, mich für Großmutter zu entschuldigen. Was kann ich dafür, dass sie schlechte Laune hat?

Der Typ scheint auf die Situation vorbereitet zu sein, zieht einen Zettel aus seiner Umhängetasche und streckt ihn mir entgegen.

Ich nehme den Stift vom Telefonschränkchen und setze spontan ein paar Kreuze bei Schnitzel, Spaghetti Bolognese, Kabeljau, Gemüseeintopf, Senfeier, Spinatknödel und Hähnchengeschnetzeltes.

So, bitte schön, sage ich und gebe den Zettel zurück. Ich hoffe, Sie kommen jetzt nicht zu spät zu Ihren anderen Kunden.

Großmutter sagt nichts.

Der Typ hebt die Hand zum Abschied, als ob er winken wollte, hält dann aber in der Bewegung inne und macht stattdessen eine merkwürdige Drehung. Vielleicht wollte er eigentlich Tänzer werden. Oder dieser Auftritt soll uns sagen, dass er unsicher ist.

Ciao, sagt er, als er die Klinke der Wohnungstür in der Hand hat. Er öffnet die Tür, geht raus, dreht sich nochmal um, macht eine Art Knicks und zieht die Tür zu.

Komischer Vogel, sage ich.

Meine Rede, sagt Großmutter.

Sie hat inzwischen die Assiette aufgepopelt. Es gibt Kohlroulade mit Kartoffelpüree und brauner Sauce. Ein richtiges Sonntagsessen, sagt Großmutter.

Ich schaue ihr dabei zu, wie sie das Fleisch von einer Backe in die andere schiebt und versucht, die Zähne zu finden, die dazu imstande sind, es so zu zerkleinern, dass sie es runterschlucken kann.

Was ist dir denn heute über die Leber gelaufen?, frage ich sie.

Nüx, sagt sie, gar nüx. Sie betont es wie ein kleines Kind.

Aber so unhöflich kenne ich dich gar nicht. Magst du den Typen nicht, der dir das Essen bringt?

Ich mag weder den Typen noch das Essen, so sieht's aus, sagt sie.

Dafür wirkst du aber gerade ganz zufrieden mit deiner Roulade.

Ich würde lieber wieder in mein Stammrestaurant gehen.

Das weiß ich doch, sage ich, aber wir hatten doch ausgemacht, dass du erstmal wieder zu Kräften kommst. Wenn du geschwächt ins Restaurant gehen willst, hättest du ja auch mit zum Friedhof kommen können.

Ach nee, sagt sie, das schaff ich gerade wirklich nicht.

Eben, antworte ich.

Aber im Restaurant ist alles besser. Das Essen, der Kellner ...

... meinst du wirklich, dass es die Situation besser macht, wenn du über sie schimpfst?

Ich schümpfe nicht, sagt sie.

Sie klebt in dieser merkwürdigen Kindersprache fest und macht mich wahnsinnig damit.

Na, wie auch immer, ich hoffe, dass du zu den Leuten netter bist, wenn ich nicht dabei bin.

Ich bin genauso nett wie immer, sagt sie.

Weißt du, sage ich, stell dir mal vor, du bist hier ganz alleine und plauzt den Essensmann das nächste Mal wieder so an wie heute, und das bringt ihn dann auf die Palme, und dann nimmt er aus Wut das Essen einfach wieder mit oder ...

... er klaut mir mein Geld, unterbricht sie mich.

Quatsch, antworte ich.

Jetzt ärgere ich mich über das Schreckensszenario, das ich aufgebaut habe. Womöglich wird sie ihm genau das beim nächsten Mal vorwerfen: dass er sie beklaut. Am besten noch: Meine Enkeltochter hat gesagt, dass Sie mich beklauen wollen.

Was für ein Irrsinn!

Ich ruckele an der scheiß Balkontür, bis sie endlich aufgeht. Ich brauche frische Luft. Und eine Zigarette.

Heute ärgere ich mich zum ersten Mal, dass ich hergefahren bin. Dass ich nicht in Berlin geblieben bin. Anstatt mir Großmutters Kindergefasel anzuhören, könnte ich mit Heide mittagessen, mit ihr spazieren gehen.

Sie fehlt mir fürchterlich. Ich würde sie gern anrufen. Aber jetzt fällt mir auf, dass ich, seit Etty nicht mehr da ist, Heide nie einfach so angerufen habe. Seit Etty nicht mehr da ist, rufe ich Heide nur an, um zu fragen, wann ich kommen soll, was ich mitbringen kann, ob es Neuigkeiten gibt.

Was würde sie denken, wenn ich sie anriefe, um ihr

zu sagen, dass sie mir fehlt? Und hätte sie ein Ohr frei für die Geschichte der merkwürdigen Verwandlung meiner Großmutter? Ist es freundschaftlicher, Heide zu schonen oder mit ihr umzugehen, als wäre alles wie immer? Und wenn ich ihr sagen würde, dass sie mir fehlt, würde sie mir glauben? Und wenn ich ihr sagen würde, dass sie mir fehlt, wäre das Grund genug, sie anzurufen?

Ich frage mich: Sind wir engere oder andere Freundinnen, seit Etty nicht mehr da ist? Sind wir Freundinnen, *weil* Etty nicht mehr da ist? Sind wir überhaupt noch Freundinnen, seit Etty nicht mehr da ist?

Überall, wo ich bin, denke ich an Heide. Selbst wenn ich neben ihr sitze, denke ich an sie. Ich frage mich, wie es ihr geht. Und wenn sie mir sagt, wie es ihr geht, frage ich mich, ob sie die Wahrheit sagt oder ob sie *mich* schont. Und bevor ich frage, wie es ihr geht, überlege ich, wann ich sie das zuletzt gefragt habe, weil ich nicht will, dass sie merkt, dass ich mir Sorgen mache.

Mein Handy ist ganz warm geworden. Ich drehe es in der linken Hand und schnipse mit der rechten die Asche über die Balkonbrüstung. Ich drehe mich nochmal um, um zu schauen, ob der Zeitpunkt gut gewählt ist, für ein Telefonat.

Hinter der Orchidee auf dem Fensterbrett sehe ich Großmutter gerade die Gabel zum Mund führen. Die Soße tropft ihr auf die Bluse und das, was auf der Gabel war, landet in ihrem Schoß. Sie schiebt die Gabel trotzdem in den Mund und kaut eine Weile, worauf auch immer. Dann greift sie nach der Portion in ihrem Schoß, stopft sie sich in den Mund und leckt die Finger ab.

Innerhalb einer einzigen Woche ist Großmutter zum Kind geworden. Jetzt verstehe ich, warum sie wütend ist. Wer wäre nicht wütend, wenn er keine Kraft mehr zum Essen hätte. Soll sie doch wütend sein! Wenn ich sie wäre, wäre ich auch wütend.

Ich drücke auf Heides Nummer. Hey, sagt sie überrascht und lässt es fast wie eine Frage klingen.

Hallo Heide, sage ich, alles gut bei euch?

Ja, ja, alles in Ordnung. Sophie ist beim Späti und ich baue gerade eine neue Bank für den Balkon.

Oh, wie schön. Die werde ich gleich bestaunen, wenn ich wieder da bin. Apropos da sein, Heide. Meiner Großmutter geht's irgendwie nicht so gut. Ich würde mich nicht wohl fühlen, heute wieder abzureisen. Deshalb überlege ich gerade, über Nacht zu bleiben, um zu schauen, ob es morgen besser aussieht.

Ja, kein Ding, sagt sie, ich bin ganz gerne mal wieder ein bisschen allein.

Wirklich?, frage ich.

Ja, sagt Heide. Ich fühl mich eh schon langsam schlecht, dass ihr euer Leben für mich immer wieder unterbrecht. Es wäre natürlich schöner, wenn es deiner Großmutter gut ginge und du auch mal wieder was für dich machen könntest, aber bitte, um Himmels willen, bleib dort, solange du es für richtig hältst!

Na ja, sage ich, morgen werde ich auf jeden Fall zurück sein.

Okay, sagt Heide.

Jetzt sehe ich, wie Großmutter auf ihren Daumen spuckt und auf dem Fleck an ihrer Bluse herumwischt. Sie wiederholt es so lange, bis ich von hier aus erkennen kann, dass der Fleck immer größer wird.

Ich stecke das Telefon in die Tasche und gehe zu ihr rein. Es dauert einen Moment, bis ich die Balkontür wieder in den Rahmen gepresst habe. Als sie endlich drin ist, sagt Großmutter, ach, lass doch noch ein bisschen offen.

Ist dir heute mal nicht kalt?, frage ich und versuche dabei nicht genervt zu klingen.

Nö, sagt sie.

Es rummst nochmal laut, beinahe so, als hätte ich die Tür nun kaputtgekriegt. Aber sie hängt noch in den Angeln.

Bist du satt geworden?, frage ich.

Joa, joa, sagt sie.

Aber getrunken hast du noch gar nichts, oder?

Keinen Durst, antwortet sie.

Das ist mir egal. Ich bringe dir trotzdem was, denn, wie hast du immer zu mir gesagt: Der Mensch ist wie ein großer Wasserkessel, man muss permanent nachgießen, denn wenn nichts mehr drin ist ...

... macht er weder pssst noch pfff, führt Großmutter ihr eigenes Zitat zu Ende.

Ich stelle ihr ein großes Glas Apfelschorle hin und sie schaltet den Fernseher ein. Es läuft *Bares für Rares*. Aber Großmutter scheint die Sendung gar nicht zu interessieren. Ich räume den Staubsauger aus dem Bild, ohne dass sie den Unterschied zu bemerken scheint.

Wann kommt denn wieder deine Sendung?, fragt sie.

Ich weiß nicht so genau.

Aber du bist doch noch dabei, oder?

Ja, klar, sage ich.

Und wie geht's der Inka Bause so?

Das weiß ich nicht, Großmutter, mit der hab ich gar nichts zu tun. Ich mach doch nur die Castings.

Castings, wiederholt Großmutter leise. Sie scheint nicht mehr zu wissen, was das bedeutet.

Und da ist die Inka nicht dabei?, fragt sie.

Nein, sage ich. Ich wähle quasi die Bauern für sie aus, mit denen sie dann die Sendung macht.

Hm, sagt sie enttäuscht. Also werde ich dich nie mal in der Sendung sehen?

Nein, das wirst du nicht.

Schade, sagt Großmutter.

Im Fernsehen kommt gerade eine Frau mit einem Modellflugzeug an den Expertentisch.

Schönen guten Tag, gnädige Frau, und wenn ich das mal so sagen darf, Sie sehen wirklich umwerfend aus, begrüßt sie der Herr Lichter.

Wenn ich die Frau wäre, würde ich jetzt sagen: Guten Tag, Herr Lichter, über ein Kompliment von Ihnen freue ich mich besonders, da wir eine Gemeinsamkeit haben. Ich pflege meine Haare nämlich genauso akribisch wie Sie. So, wie Sie sich um Ihren Bart kümmern, kümmere ich mich um meine Achselhaare. Die sind auch so schön lang wie Ihre Barthaare, aber ich trage sie geflochten.

Die Frau im Fernsehen lächelt aber nur verlegen und bedankt sich recht ungelenk.

Was haben Sie uns denn da Schönes mitgebracht?, fragt jetzt Herr Lichter. Ich gehe mal davon aus, dass Sie selbst nicht damit gespielt haben. Verkaufen Sie es für Ihren Mann?

Meine Güte, aus welchem Jahrhundert ist diese Sendung? Ich will ihr die Antwort zurufen: Ich selbst habe tatsächlich nicht damit gespielt, aber meine Frau. Allerdings hat sie noch dreißig andere, weswegen ich darauf bestanden habe, dass das Hässlichste jetzt wegmuss.

Die Frau im Fernsehen lächelt aber wieder nur und sagt: Ganz richtig. Mein Mann ist Sammler, doch jetzt hat er so schlimm Parkinson, dass wir jeden Pfennig brauchen, um das Haus barrierefrei umzubauen.

Da verschlägt es dem Herrn Lichter für einen Moment sichtlich die Sprache. Als er sich wieder gefasst hat, legt er ein bisschen Betroffenheit in seinen Gesichtsausdruck und sagt: Das kann ich verstehen. Da ist es ja gut, dass Sie noch ein paar Sachen haben, die etwas wert sind, die Sie an dieser Stelle verkaufen können.

Ja, genau, sagt die Frau.

Keine Ahnung, ob Großmutter überhaupt zuhört. Auf jeden Fall rührt sie sich nicht.

Ich stehe auf, um mir einen Tee zu machen und diesem Schwachsinn nicht länger zusehen zu müssen.

Brauchst du noch etwas aus der Küche?, frage ich.

Nein, nein, sagt Großmutter.

Ich wähle Hagebuttentee. Es ist die einzige Schachtel, auf der nichts von Herz-, Blasen- oder Nierenschwäche steht.

Als ich zurück ins Zimmer komme, geht die Frau mit dem Modellflugzeug gerade in den Händlerraum, wo sie mit *Engelchen* begrüßt wird. Sie legt das Flugzeug auf den Tresen, dann geht sie ein paar Schritte zurück und stellt sich brav auf ihre Markierung. Sie lächelt höflich in die Runde.

Auch hier interessiert man sich dafür, was *sie* denn mit einem Modellflugzeug am Hut hat.

Es würde mich interessieren, ob der Drehort einstürzen würde, wenn sie jetzt sagte: Ich bin Modellflugzeugsammlerin, ich liebe Modellflugzeuge. Von mir aus auch: Mit diesem Modellflugzeug habe ich meine gesamte Kindheit verbracht. Wann zur Hölle soll jemals ein Junge mit einer Puppe und ein Mädchen mit einem Auto spielen können, wenn im Fernsehen weiter so ein Schnulli verbreitet wird?

Bis die Frau das Flugzeug verkauft hat, zähle ich mit: Noch fünf weitere Male wird sie mit *Engelchen* und vier Mal mit *die Dame* angesprochen.

Ich schaue nochmal rüber zu Großmutter. Sie scheint zwar zuzusehen, aber anscheinend hat sie keine Meinung dazu. Ich würde sie gern fragen, ob *Bauer sucht Frau* auch so sexistisch ist. Aber erstens würde Großmutter vermutlich nicht verstehen, was ich damit meine, und zweitens würde sie mich für verrückt halten, weil ich die Sendung, für die ich seit wie vielen Jahren arbeite, noch nie gesehen habe.

Ich blättere durch Großmutters Rätselzeitung bis zum heutigen Fernsehprogramm.

Möchtest du das gern sehen?, frage ich.

Nein, nein, sagt Großmutter. Mir ist es eigentlich egal, was da läuft.

Kein Wunder, denk ich mir.

Ich schalte auf eine Dokumentation über Tiere in Afrika. Gerade als ein Löwe ein Zebra jagt und die Musik dramatisch wird, schläft Großmutter ein. Sie verdaut die Kohlroulade. Ich schalte den Fernseher aus. Eigentlich ist nichts mehr zu ertragen. Überall sehe ich Etty. Etty als Zebra.

Ich ziehe das Handy aus der Hosentasche und google *Mord in Berlin Kreuzberg*. Der Clan-Fall poppt auf, die Sache mit der Frau, die zerstückelt wurde – ich habe das alles schon gelesen, seit ich nach Ettys Mörder suche. Lauter grausame Geschichten, die sich niemand ausgedacht hat. Ich scrolle fast schon routiniert an ihnen vorbei, klicke auf *News*, aber kein neuer Artikel zu Etty. Immer noch nur die Zeilen *Mario N. gesteht den Mord an Tochter seiner Nachbarin*.

Ich google *Hände*. Es erscheinen lauter ästhetische Bilder. Hände, die ineinander, aufeinander, nebeneinander liegen. Hände, die einen Teig kneten, Angela Merkels Raute. Hände, die sich eincremen, alte neben jungen Händen.

Ich klicke auf ein Bild, bei dem die Hände nebeneinander liegen und die Handflächen nach oben zeigen. Wer weiß, was die darstellen sollen. Dass man aus ihnen die Zukunft lesen kann?

Ich zoome sie heran. Wie kann man mit seinen Händen einen Menschen umbringen? Wie ist das möglich? Was macht dieser Mario jetzt mit seinen Händen? Wie kann er damit noch etwas anfassen? Wie kann er damit noch etwas anfassen, das er sich danach in den Mund steckt? Wie kann er damit alltägliche Dinge tun? Selbst sich mit diesen Händen den Arsch abzuwischen kommt mir absolut unmenschlich vor.

Ich gehe in Großmutters Bastelzimmer. Es riecht nach Knete, altem Papier und Tinte. Das Zimmer ist vollgestopft mit Kram und in der Mitte steht ein Bügelbrett. Überall liegen ihre Enkaustik-Karten, mit denen sie mir früher immer zum Geburtstag gratuliert hat.

In einem Umschlag finde ich ein paar Geldscheine, die sie wahrscheinlich für ebendiese Anlässe dort deponiert hat, um nicht jedes Mal extra zur Bank gehen zu müssen.

Im Fach darunter liegen stapelweise Seidentücher, auf die sie dieses Salz gestreut hat, damit es aussieht wie gebatikt oder so.

Ach, wie oft hat sie mich dafür interessieren wollen und war enttäuscht, dass ich nicht mal eins davon mit nach Hause nahm.

Das dunkelste von allen ziehe ich heraus und lege es

mir um den Hals. Es ist kühl. Wahrscheinlich nichts für den Winter. Es fühlt sich an, als würde man davon Halsschmerzen bekommen, anstatt sich davor zu schützen.

Ich stelle mich vor das Bild, das hier in jedem Raum hängt. Es zeigt Großvater so, wie er nie ausgesehen hat. Zumindest nicht zu der Zeit, in der ich ihn kannte. Auf dem Bild hat er richtige Pausbacken. Überhaupt scheint er damals etwas gewogen zu haben. Seine Haut ist makellos, aber das Verrückteste ist, dass er auf dem Bild lächelt.
Mich hast du nie angelächelt, denke ich.

Ich gehe in die Küche und starte Großmutters Abendprogramm. Tee kochen, Brot schneiden, Käse- und Wurstscheiben abzählen und sie auf den Brettchen neben den Stullen drapieren. Die Gürkchen hole ich schonmal aus dem Glas und lege sie auf einen der Miniteller. Teebeutel aus den Tassen nehmen und dann alles aufs Tablett und raus damit.

Das ist richtig gemütlich, von der Brotschneidemaschine aufzuwachen, sagt Großmutter, als ich hereinkomme. Ich sage ihr, dass ich sie auch gern morgen früh damit wecken kann. Jetzt leuchten ihre Augen, wie nur ihre Augen leuchten können.
Das ist aber schön, dass du noch bleibst, mein Schatz, sagt sie.
Musst du morgen nicht zur Inka Bause?
Nein, genau deswegen kann ich noch bleiben. Morgen habe ich frei.

Ich versuche jeden Happen genauso lange zu kauen wie Großmutter ihren, damit ich nicht zu schnell fertig bin.

Schaffst du das denn noch gut allein, mit dem Frühstück und dem Abendessen, oder soll ich den Lieferdienst bitten, dir auch das vorbeizubringen?

Oh, bloß nicht, sagt Großmutter.

Gut, dann kaufe ich dir aber morgen noch etwas ein, ja?

Anstatt zu antworten, fragt sie, ob ich shoppen gewesen sei, während sie auf das Tuch um meinen Hals starrt.

Ja, in deinem Bastelzimmer.

Was, das ist von mir?

Ja, siehst du mal. Und da liegen noch hunderte in der Qualität. Du hättest sie verkaufen sollen!

Kann ich doch immer noch machen, sagt sie.

Okay. Wie viel willst du für dieses hier haben?, frage ich.

Haha, sagt sie und lässt die Hand nach vorne klappen, sodass ihre Finger in der Butter landen.

Ihr Lachen ist so ansteckend. Wir bringen den Tisch zum Wackeln. Wir lachen und kauen und reden. Jetzt ist es doch schön, hier zu sein.

Ich räume alles zurück aufs Tablett und bringe es in die Küche.

Magst du eine Runde Rommé spielen?, frage ich beim Rausgehen.

Gern, sagt Großmutter.

Ich spüle das Geschirr, trockne alles ab und räume es in die Schränke. Die Brettchen und die abgewischten Platzdeckchen kommen ins Abtropfgestell. Es kommt mir so vor, als wäre ich in Großmutters Haushalt viel routinierter als in meinem eigenen. Wahrscheinlich liegt es aber nur daran, dass es hier überhaupt eine Routine gibt. Großmutters Regeln habe ich jahrelang studiert. Wenn ich irgendetwas anders machte, als sie es gewohnt war, glich es einem Weltuntergang. Und ich hatte noch nie Bock darauf, dass die Welt untergeht.

Als ich zurück ins Zimmer komme, steht Großmutter vornübergebeugt vor dem Spieleschrank. Sie stützt sich mit der einen Hand auf die Kommode und versucht mit der anderen, die Karten zu greifen, die sehr weit hinten zu liegen scheinen.

Jedes Mal, wenn ich Zeugin einer solchen Szene werde, frage ich mich, ob ich so tun sollte, als würde ich die Anstrengung, die es ihr bereitet, nicht sehen. Ob ich mich einfach hinsetzen sollte. Ob ich so tun sollte, als wären wir zwanzig Jahre jünger, um Großmutter eine Art von Würde zu erhalten. Ich warte noch einen kurzen Moment. Aber als sie stöhnt, greife ich ihr unter die Achsel und helfe ihr, sich wieder aufzurichten.

Lass mich mal, sage ich.

Keine Ahnung, wie ich es finden werde, wenn ich eines Tages das Kartenspiel nicht mehr selbst aus dem Schrank holen kann. Wahrscheinlich werde ich dann einfach keine Karten mehr spielen.

Natürlich gelten auch beim Rommé Großmutters Regeln. Man darf erst mit vierzig Punkten raus und die Karten nicht nur anlegen, sondern auch überall wegnehmen, wo schon mindestens vier liegen. Zuerst habe ich so viele Karten auf der Hand, dass ich sie kaum mehr halten kann. Dann liegen so viele auf dem Tisch, dass ich mich konzentrieren muss. Großmutter konzentriert sich auch. Bei jedem Spielzug denkt sie so lange nach, dass ich von meinem Gähnen übermannt werde.

Ich stecke mir ein *Ferrero Rocher* in den Mund und kaue ganz langsam um die Nuss herum. Bei Großmutter gibt es immer *Ferrero Rocher*. Nur habe ich Großmutter noch nie eins essen sehen.

Magst du die eigentlich?, frage ich.

Psst, sagt sie, ich muss mich konzentrieren.

Außer der Nuss habe ich jetzt nichts mehr im Mund. Eine Nuss zu lutschen macht keinen Spaß, also zerbeiße ich sie und schlucke sie runter.

Ich stecke mir gleich das nächste *Ferrero Rocher* in den Mund, überlege gerade, wie damals dafür geworben wurde. Irgendwas mit *Ich geb mir die Kugel*, glaube ich, da ruft Großmutter: Haha!, und hält ihre leeren Hände in die Luft.

Du hast gewonnen?

Aber sowas von, sagt sie.

Manipulation!, sage ich.

Es ist so schön, sie lachen zu sehen.

Ich liege auf dem Sofa, unter mir Großmutters vertrautes Biber-Spannbettlaken. Es riecht nach Weichspüler und Kindheit.

Gute Nacht, rufe ich nochmal zu ihr rüber, bevor ich die Lampe ausschalte. Und wenn was ist, weck mich ruhig.

Was soll denn sein, sagt sie.

Ja, was soll schon sein.

Zum Frühstück besteht Großmutter auf einer *5 Minuten Terrine*. Ich gieße das heiße Wasser bis zum geriffelten Rand und rühre die Matsche so lange, bis das Pulver Brei geworden ist.

    Also, was möchtest du alles haben aus dem Supermarkt?

    Einfach von jeder Sorte eins, sagt sie.

    Wie meinen?

    Sie sagt nichts.

    Wovon möchtest du alle Sorten?, frage ich.

    Na davon. Sie zeigt auf die *5 Minuten Terrine*, die vor mir steht.

    Ich warte einen Moment, gebe ihr Zeit, den Witz komplett zu machen, aber sie macht ihn nicht komplett. Sie rührt in ihrer Tasse herum, hebt sie zum Mund, pustet laut und trinkt einen Schluck.

    Du möchtest eine Woche lang morgens und abends eine *5 Minuten Terrine* essen?, frage ich.

    Joa, sagt Großmutter, schon wieder in diesem unerträglichen Kinderton.

    Tut mir leid, aber das geht nicht.

    Wieso?, fragt sie.

Es ist nicht gesund, zwei Mal am Tag eine *5 Minuten Terrine* zu essen. Es ist nicht mal gesund, überhaupt nur ein Mal im Leben sowas zu essen.

Woher willst du das wissen?, sagt sie vorwurfsvoll und schlürft ihren Kaffee noch lauter.

Sag mal, willst du Baby spielen? Dann kann ich dir auch einen Nuckel kaufen.

Sie schaut in ihre Tasse und schweigt.

Jetzt tut sie mir wieder leid. Ich darf nicht zu hart mit ihr sein, das weiß ich.

Warum willst du denn nichts Vernünftiges essen?, frage ich.

Sie zieht die Schultern hoch und lässt sie gleich wieder nach unten plumpsen.

Deine Rente ist dafür da, dass du einen schönen Lebensabend verbringen kannst. Dazu gehört auch gutes Essen, weißt du.

Ich kann mit gutem Essen aber nichts mehr anfangen, sagt sie.

Warum nicht?

Weil ich nicht mehr in die Küche gehen kann.

Darf ich fragen, warum?

Sobald ich in der Küche bin, ist mein Kopf ganz leer. Ich hab mittlerweile richtig Angst vor der Küche.

Okay, sage ich. Aber um die *5 Minuten Terrine* zu machen, musst du doch auch in die Küche gehen. Dort steht sie im Schrank, dort sind der Wasserkocher und das Besteck.

Ja, sagt sie, aber dafür muss ich nicht denken.

Sie schlürft wieder. Jetzt wirkt dieses Geräusch fast schon beruhigend auf mich.

Sie schaut weiter in ihre Tasse. Ich schaue auf die Uhr. Die Matsche hat lange genug gezogen. Ich rühre nochmal um und schiebe den Becher zu ihr rüber.

Ist fertig, sage ich, du kannst es essen.

Jetzt hast du's mir verdorben, sagt sie.

Ach Mensch. Jetzt mach aber kein Drama daraus. Ich mach mir doch nur Sorgen um dich!

Wegen *einer* verdammten *5 Minuten Terrine*.

Ja, wegen *einer* verdammten *5 Minuten Terrine*. Ich meine, schau mal, du könntest es voll auskosten, dass ich jetzt hier bin. Ich wollte dir frische Brötchen kaufen. Ich hätte dir ein weiches Ei gekocht. Wir hätten gemeinsam ein fulminantes Frühstück haben können, aber was willst du? Diese blöde *5 Minuten Terrine*. Ich bin doch jetzt hier. Ich könnte doch wenigstens heute für dich denken.

Ich will nicht, dass du für mich denkst.

Aha, sage ich. Und was, meinst du, würde aus dir werden, wenn ich jetzt abreisen würde, ohne für dich zu denken? Wenn ich weder in den Supermarkt ginge, um leckere Sachen für dich zu kaufen, noch eine Palette *5 Minuten Terrine*? Was wäre dann, hm?

Stehen ja noch ein paar im Schrank, sagt sie.

Ach Großmutter!

Ihre Tasse ist jetzt leer. Sie kann nicht mehr schlürfen.

Jetzt iss doch, sage ich, sonst ist es gleich kalt.

Sie nimmt brav den Löffel und fängt an, sich die Matsche in den Mund zu schieben.

Weißt du, sage ich, ich kann leider nicht bei dir bleiben. Ich weiß, dass das die einfachste Lösung wäre. Dann könnte ich mich um dich kümmern und nicht nur für dich einkaufen, sondern dir auch gute Sachen kochen.

Ich weiß, sagt sie, du musst ja arbeiten gehen.

Genau, sage ich.

Deswegen würde ich es gut finden, wenn sich jemand anders um dich kümmert. Wenigstens darum, dass du jeden Tag deine Rente gut investierst.

Wie meinst du das?

Ich meine, dass du nicht nur dein Mittagessen, sondern auch Frühstück und Abendessen geliefert bekommst.

Jetzt schaut sie von der leeren Tasse auf. Sie sieht an mir vorbei, durch die Gardine, raus in den Himmel.

Das ist ein guter Service, sage ich schnell, bevor ihr ein Gegenargument einfällt. Und wir wissen, dass er funktioniert. Es wäre nur ein Anruf und ich müsste mir, wenn ich zurück in Berlin bin, keine Sorgen um dich machen.

Sie schaut immer noch aus dem Fenster. Sie sagt nichts.

Ich sehe sie eine Weile an. Ihr trauriger Blick macht die Luft im Zimmer dick, sodass es schwerfällt zu atmen.

Magst du noch einen Tee?, frage ich.

Nein, danke, antwortet sie.

Also, ich ruf da jetzt an, okay?

Okay, sagt sie.

Am Telefon scheint der Typ zu sein, der gestern die Roulade gebracht hat. Vielleicht stellen sie bei *Essen auf Rädern* aber auch einfach in allen Abteilungen einen bestimmten Menschentyp ein, der so überambitioniert freundlich ist, dass es einem etwas unheimlich wird.

Welche Speisen darf ich denn für Ihre Großmutter notieren?, fragt er.

Meine Güte, wer redet denn so?

Brötchen, Ei und Obst zum Frühstück, Käsebrote und Gemüse zum Abendessen. Man muss es ja nicht komplizierter machen, als es ist.

Bei der Morgenwäsche sagt Großmutter, dass sie es eigentlich gut finde, dass ich sie nicht pflegen würde.

Weißt du, sagt sie, pflegebedürftige Menschen nerven irgendwann. Und ich will nicht, dass du genervt von mir bist. Es ist besser, wenn wir schöne Sachen miteinander machen, nicht so viel Alltägliches.

Das stimmt, sage ich, und genau das machen wir jetzt auch.

Ja, sagt Großmutter, ohne zu wissen, was ich meine.

Ich meine, dass wir jetzt zur Drogerie gehen, um das Foto zu entwickeln und Birnensaft zu kaufen. Fühlst du dich dafür heute fit genug?

Ist ja direkt um die Ecke, sagt sie.

Eben, und ich schieb dich ja rüber. So kommst du wenigstens kurz raus, das wird dir guttun.

Ich öffne die Badschränke und sehe nach, ob genug von dem da ist, was Großmutter jeden Tag braucht. Der Begriff Vorratspackung macht seinem Namen hier alle Ehre. Was Zahncreme und Klopapier betrifft, könnte Großmutter noch einmal so alt werden, wie sie jetzt schon ist.

Ich werde wohl sehr viele Kosmetikartikel von ihr erben.

Ihre Augen leuchten, als wir im Fahrstuhl stehen.

So schön, dass wir das jetzt machen, mein Kind, sagt sie. Ich hatte mich schon damit abgefunden, gar nicht mehr aus der Wohnung rauszukommen.

Nee, nee, sage ich, du musst immer mal an die frische Luft, das ist wichtig.

Erdgeschoss, sagt der Fahrstuhl. Großmutter sagt nichts, jetzt hat sie gute Laune.

Über jede Bordsteinkante, jede Unebenheit im Asphalt könnte man sich auf dem Weg zur Drogerie aufregen, aber wir regen uns nicht auf. Wir freuen uns über unsere gemeinsame Zeit, die sich durch jedes Hindernis, mit dem wir uns beschäftigen müssen, ja noch verlängert.

Der Drogeriemarkt ist nur drei Straßen entfernt. Drei

Straßen, auf denen uns keine Menschenseele begegnet. Vielleicht sollte ich doch zurück nach Halle ziehen. Sobald der Prozess gegen M. N. vorbei ist. Vielleicht würde Heide Halle besser gefallen als ein unbekanntes Dorf in Brandenburg. Immerhin hat Halle einen Drogeriemarkt und einen Fluss, auf den man schauen kann, wenn man an der richtigen Stelle wohnt.

Da sind wir, sagt Großmutter.

Ich schiebe sie in den Laden hinein, bis nach hinten, zur Fotoentwicklungsstation, verbinde mich via Bluetooth mit dem Gerät und auf dem Screen erscheinen alle meine Bilder. Großmutter schaut interessiert zu.

Das ist ja verrückt, sagt sie, was man heutzutage alles machen kann.

Nur leider fällt mir zeitgleich auf, dass die Idee total bescheuert war, dass es einen Grund dafür gab, dass ich Großmutter das Bild mitbringen wollte, dass ich alleine vor diesem Screen stehen sollte, denn das, was hier zu sehen ist, ist nicht das, was Großmutter jetzt sehen sollte. Meine digitale Fotosammlung, voll mit Etty-Bildern. Bildern, die ich mir abfotografiert habe, aus Heides Fotoalben.

Ach, das ist die kleine Etty, oder?, sagt Großmutter nun, wie zu erwarten war, wenn man vorher darüber nachgedacht hätte.

Etty ist das einzige Kind, von dem ich Großmutter jemals erzählt habe, weil es lange das einzige Kind war, das ich kannte.

Hm, sage ich, in der Hoffnung, endlich das Bild von Großvaters Grab zu finden, das Bild, wegen dem wir eigentlich hier sind.

Wie geht's ihr denn? Sie müsste ja bald fünfzehn sein, richtig?

Woher auch immer dieser Satz kommt, der meinen Mund verlässt, der sich an der Tatsache vorbeischleicht, dass Großmutter recht hat, dass Etty morgen fünfzehn werden würde, aber der Satz schleicht sich vorbei, er verlässt meinen Mund:

Sie ist ein Engel, sage ich.

Ja, so sieht sie auch aus, antwortet Großmutter.

Ich scrolle immer weiter hinein in den Schmerz, bis endlich das verdammte Grabfoto erscheint.

Zeig nochmal die Größe, die du wolltest, sage ich.

Großmutter hebt die Hände, ich drehe mich zu ihr, aber anstatt die Hände auseinander zu halten, klatscht sie und ruft: Um Gottes willen, was ist denn los, mein Kind, du weinst ja bitterlich!

Jetzt spüre ich es auch. Die Tränen fließen wie aus einem Wasserhahn. Großmutter verschwimmt vor meinen Augen, und im Kopf fängt es wieder an zu stechen.

Es tut mir leid, sage ich, das wollte ich nicht.

Was wolltest du nicht?

Ich wollte nicht, dass du davon erfährst.

Großmutter greift nach meinen Händen und zieht mich zu sich herunter. Mit beiden Händen wischt sie mir die Tränen von den Wangen, immer wieder, bis ich etwas klarer sehen kann.

Was ist denn passiert, jetzt sag es doch!

Etty ist gestorben. Und diesen Satz auszusprechen fühlt sich tatsächlich so an wie der sprichwörtliche Stein, der einem vom Herzen fällt.

Im selben Moment, in dem ich spüre, wie der Stein fällt, frage ich mich jedoch, wo er landen wird. Ich will ihn aufhalten, nicht, dass er in Großmutters Schoß aufprallt, aber es ist schon zu spät, ich kann es sehen, Großmutters entsetztes Gesicht.

Oh Gott, sagt sie, das tut mir wahnsinnig leid.

Sie starrt mich an. Ich weiß nicht, was ich sagen soll, und drehe mich zurück zu diesem Computer.

Ach, jetzt lass doch das blöde Foto sein!, sagt sie.

Aber ich klicke auf den A4-Button, trenne die Verbindung und stecke das Handy zurück in die Tasche.

Schau doch mal um die Ecke, welcher Rahmen dir gefallen würde!

In Zeitlupe schließt sie ihren Mund und bewegt die Hände nach unten zu ihren Rollstuhlrädern.

A4 muss draufstehen, sage ich.

Na gut, antwortet Großmutter und rollt um die Ecke herum.

Das Bild von Großvaters Grabstein liegt jetzt vor mir in der Ablage. Ich traue mich nicht, es rauszunehmen, weil es sicher noch trocknen muss. Ich muss auch noch trocknen, bevor ich Großmutter wieder unter die Augen treten kann. Also bleibe ich einfach hier stehen, vor dem Fotoautomaten, in dieser Halleschen Drogerie, in der niemand sonst ein Foto entwickeln lassen möchte.

Ich überlege, ob mir eine weniger schockierende Variante von Ettys Tod einfällt, eine großmuttertaugliche. Aber woran könnte ein vierzehnjähriges Mädchen ohne Qualen gestorben sein? Ich habe keine verdammte Ahnung!

Und jetzt kommt sie auch schon wieder zurückgerollt, mit einem Bilderrahmen auf ihrem Schoß.

Ja, der ist schön, sage ich, nehme das Foto aus der Ablage, lege es zum Rahmen und schiebe den Rollstuhl bis zum Saftregal.

Ich greife nach dem Birnensaft und an der Kasse gibt es noch *Ferrero Rocher*.

Obwohl es doch ein Geschenk werden sollte, besteht Großmutter darauf, es selbst zu bezahlen, aber weil sie die Münzen nicht mehr erkennt, bittet sie letztlich mich darum, die siebenundvierzig Cent herauszuzählen. Währenddessen packt sie alles in den Stoffbeutel und hält ihn mit beiden Händen fest, als hätte sie ein Kind auf dem Schoß.

Ich schiebe sie den gleichen Weg, den wir gekommen sind, wieder zurück. Zurück zum Turm, zurück zum sprechenden Fahrstuhl, zurück in ihre Wohnung.
Bis hierher kein Wort. Aber als die Tür ins Schloss fällt, sagt sie:
Wann ist das passiert?
Am 11. Juli, sage ich.
Ich helfe ihr aus der Jacke.
Am 11. Juli, wiederholt Großmutter.
Und nach einer Pause sagt sie:
Seit so vielen Wochen kommst du nun also schon zu mir, ohne dass ich etwas bemerke? Was für ein Unmensch ich bin!
Ach was, sage ich, jetzt hör aber auf!
Und erzählst du mir jetzt auch, was genau passiert ist?
Sie hievt sich in ihren Sessel und trinkt einen Schluck aus dem Glas, das da gestern schon stand und auch dementsprechend aussieht. Es ist voll mit Abdrücken ihrer Finger und Lippen.
Soll ich uns den Birnensaft heiß machen?, frage ich.
Sie nimmt meine Hand, hält sie fest, drückt sie und schaut mir tief in die Augen.
Setz dich doch mal hin.
Wenn sie so ist, kann ich nicht anders, als ihr zu gehorchen. Ihr Blick und der Druck ihrer Hände erinnern mich an früher, wenn ich noch länger im Schwimmbecken bleiben wollte und behauptete, dass mir gar nicht kalt sei, aber Großmutter meinte, ich solle trotzdem herauskommen. Dann steckte sie mich in meinen Bademantel, rubbelte mir den Rücken und wickelte mir ein Handtuch um den Kopf. Erst als ich das Brötchen aß, das sie mir für

den Ausflug geschmiert hatte, spürte ich, dass sie recht hatte, dass ich zitterte, weil ich so fror.

Jetzt sitze ich auf dem Sofa, neben Großmutters Sessel, auf dessen Lehne unsere Hände liegen, und höre mich reden.

Es gibt keine alternative Geschichte. Nichts, was die Sache abmildern könnte. Die Wahrheit muss einfach raus. So ist das.

Mir kommt es nun selbst ziemlich seltsam vor, dass wir erst jetzt auf Etty kommen, so oft, wie ich Großmutter von ihr erzählt habe.

Mit einem Mal hatte ich damit aufgehört, und Großmutter schien sich darüber nicht zu wundern.

Wahrscheinlich lag es daran, dass sie mit sich so viel zu tun hatte, dass da kein Platz mehr war für Gedanken an andere Leute. Seit Wochen hat Großmutter doch genau damit zu kämpfen. Mit ihrer Angst, verrückt zu werden, weil sie Dinge vergisst.

Ich weiß nicht, was ich sage. Ich höre mich reden, aber den Inhalt meiner Worte kann ich nicht steuern. Ich konzentriere mich auf Großmutters Hand, auf ihren Daumen, der unablässig über meinen Handrücken streicht.

Da sitzen wir, die alte Frau und ich, die mir so vertraut ist wie niemand sonst auf der Welt, und haken uns aneinander fest.

Meine Worte liegen direkt vor uns. Irgendwann scheine ich alles gesagt zu haben. Ich höre nichts weiter als unser beider Atem und das Ticken der Uhr, die hinter mir hängt.

Weißt du, sagt Großmutter nach einer Weile, eine Zeitlang dachte ich, dass ihr es besser hättet als wir damals. Aber jedes Mal, wenn ich die Zeitung aufschlage oder den

Fernseher einschalte, wird mir klar, dass auch ihr in einem Krieg leben müsst. Er sieht nur anders aus, er benutzt andere Waffen, aber weniger hässlich ist er deshalb nicht.

Ihr Daumen streicht noch immer über meine Hand. Nur ab und an wechselt er die Richtung. Sie sagt:

Ich weiß eigentlich nicht, was schlimmer ist: die Gefahr tagein, tagaus sehen zu können oder sie als permanentes, lauerndes Monster im Nacken zu spüren, ohne zu wissen, ob und wann es zuschlägt. Ihr habt einige Vorteile in der jetzigen Zeit, aber ich bin trotzdem froh, dass ich nicht mehr so lange daran teilhaben muss.

Ich glaube, es liegt an Großmutters aktuellem Literaturgeschmack und den Sendungen, die bei ihr immer so im Fernsehen laufen, dass ich mich über jedes einzelne ihrer Worte wundere. Außerdem hatte ich sie als schusseliger eingestuft, dachte insgeheim schon an die erste Stufe von Demenz.

Weißt du, sagt sie, ich verstehe nur zu gut, dass du mir nicht davon erzählt hast, aber solange ich noch nicht ganz balla bin, solltest du nutzen, dass ich noch da bin. Zumindest wenn du das Gefühl hast, dass es dir helfen könnte. Schone mich nicht, das macht mich älter, als ich tatsächlich bin. So, und jetzt fahr zurück! Ich kann mir nicht vorstellen, dass du in dieser Situation nicht rund um die Uhr bei Ettys Mutter sein willst. Wie heißt sie nochmal?

Heide, sage ich.

Heide, ja, auch von ihr hast du schon erzählt.

Sie zieht mich zu sich heran. Mit der einen Hand streicht sie über meinen Hinterkopf, mit der anderen über meinen Rücken. Das tut gut.

Dann nimmt sie mein Gesicht in ihre Hände und küsst meine Stirn. Ich wünschte, dieser Kuss könnte dort für immer bleiben und spürbar sein.

Ich stehe auf, löse mich aus Großmutters Liebe, weil ich merke, dass ich die Zeit nicht festhalten kann. Sie pocht gegen meine Schädeldecke und will wahrscheinlich sagen, dass ich kein Kind mehr bin, mich nicht bei Großmutter verstecken kann.

Da liegt der Beutel auf dem Boden. Ich ziehe den Rahmen und das Bild heraus.
Das wird jetzt aber noch fertig gemacht, sage ich und pule an den Ösen herum.
Wo möchtest du es hinhängen?, frage ich.
Neben die Tür, sagt Großmutter.
Neben die Wohnzimmertür?
Ja, sagt sie, dann kann ich immer, wenn ich zur Toilette muss, draufschauen.
Ich klopfe einen Nagel in die Wand, hake das Bild ein, schaue, ob es gerade hängt, und stelle fest, dass es viel schöner aussieht als auf meinem kleinen Handydisplay.
Das gefällt mir, sagt Großmutter, ich danke dir.

Und was ist jetzt mit dem Birnensaft?, frage ich.
Den trinken wir beim nächsten Mal, sagt sie. Dann haben wir was, auf das wir uns freuen können.

In meinem Postkasten liegt der bestellte Badeanzug. Keine Ahnung mehr, was ich jetzt damit soll. Ich lasse ihn drin liegen und gehe nach oben.

Es hallt so zwischen meinen Kisten. Das klingelnde Telefon dröhnt wie eine riesige Lautsprecherwand.

Heide sagt, dass meine Stimme hallt, als wäre ich in einem Bahnhof unterwegs.

Eigentlich fühlt es sich auch so an, sage ich.

Ich kann dir beim Auspacken helfen, meint Heide.

Aber ich weiß gar nicht, ob ich das will, ob ich mich in dieser Wohnung wirklich niederlassen werde.

Ich frage, ob sie über meine Idee mit dem Haus nachgedacht habe.

Ja, sagt sie, ich find die Idee gut. Aber ich muss jetzt erstmal hierbleiben, bis das Monster hinter Gittern sitzt.

Okay, das verstehe ich.

Ich klappe das Laptop auf und schaue nochmal das Haus an, über dem ich letztens eingeschlafen bin. Ich sehe Heide nicht mehr auf der Bank sitzen. Und mich auch nicht.

Weißt du, sagt Heide, im Grunde ist die Welt doch überall genauso scheiße. Am Ende haben wir dann auf dem Dorf einen Stalker neben uns wohnen. Oder einen Nazi. Wie bei ... wie heißt sie nochmal?

Juli Zeh, sage ich.

Ja, genau.

Du, Heide, wir müssen auch nicht aufs Land ziehen, sage ich. Es war ja nur so ne Idee.

Ja, und ich finde sie auch super. Aber damit ich mich mit der Idee jetzt nicht allzu sehr anfreunde, muss ich ein paar negative Aspekte in die Vorstellung bringen, verstehst du? Dann tut's nicht so weh.

Verstehe, sage ich.

Ich kann im Moment einfach nicht über sowas nachdenken. Ich muss jetzt hier sein und hierbleiben, bis der Prozess beginnt, bis der Prozess vorbei ist.

Ja, sage ich. Das stimmt.

Also, magst du gegen sieben herkommen?, fragt sie.

Ja, sage ich. Kann ich noch was mitbringen? Magst du was Bestimmtes trinken?

Sophie und ich haben schon alles besorgt, antwortet Heide.

Also gut.

Das ist das erste Jahr, in dem ich die Girlande nicht aufhänge, sagt sie.

Im gleichen Moment ploppt im Laptop eine neue Mail auf. Auch dieses Geräusch dürfte nicht nur in meinen Ohren widerhallen.

Heide denkt jetzt wahrscheinlich, dass die Mail Arbeit bedeutet.

Bringst du mir nochmal so einen Karamellkaffee mit?

Klar.

Ich will eigentlich auf die Sache mit der Girlande eingehen, sagen, dass wir es trotzdem schön machen werden, wenn schon nicht Etty, dann wenigstens uns, dass das wichtig ist. Aber ich merke, dass das totaler Schwachsinn ist. Niemand von uns weiß, wie es ist, einen Geburtstag ohne das Geburtstagskind zu verbringen. Kann sein, dass es wahnsinnig grausam wird.

Weißt du, sagt Heide, manchmal denke ich, ich hätte es besser verkraftet, wenn Etty sich das Leben genommen hätte.

Meinst du?, sage ich. Aber dann hättest du dir doch noch mehr Vorwürfe gemacht.

Ja, das kann sein. Aber immerhin wäre es ihre Entscheidung gewesen.

Ich weiß nicht, sage ich. Irgendwie ist doch jeder Tod richtig beschissen.

Ein leises Rauschen zwischen uns. Wir könnten jetzt überall sein. Die eine in Portugal, die andere in Kenia. Aber wir sind hier. In Berlin Kreuzberg.

Ich verstehe schon, was du damit meinst, sage ich, das, was Etty passiert ist, das kann man halt gar nicht greifen. Geschweige denn *be*greifen.

Gut, dass wir uns haben, sagt Heide.

Ja, das finde ich auch.

Sie hat aufgelegt. Ich klicke auf das Mailprogramm. N. hat Interesse an meinem Fernsehapparat. Die einzige Antwort bisher. Ich höre Sophies Stimme in mir, die gesagt hat, dass ich nicht *Festpreis*, sondern *Verhandlungsbasis* anklicken soll.

Aber der ist doch noch neu, hab ich gesagt. Wenn ich noch weiter runtergehe, kann ich ihn auch gleich auf die Straße stellen.

Ja, ja, ich versteh schon, hat sie gesagt, ich mein ja nur. Das sind die Erfahrungen, die ich mit *Ebay Kleinanzeigen* gemacht habe.

Ich lese: Hallo, ich habe Interesse an dem Fernsehapparat. Ist er noch zu haben?
 Ich schreibe: Ja, ist noch da.
 Super, kann ich ihn heute noch abholen?
 Gern.
 Wunderbar. So in ner Stunde? Schicken Sie mir Ihre Adresse?
 Irgendwas kribbelt auf meiner Stirn.
 Was heißt N.? Darf ich das fragen?
 Hallo, sind Sie ein Mann oder eine Frau?
 Ich lösche es wieder.
 Darf ich vorher noch wissen: Sind Sie männlich, weiblich oder divers?
 Ich lösche es wieder.
 Die Adresse ist ... Wir können uns vor dem Haus treffen, ich habe den Fernseher in meinem Auto ...
 Scheiße. Das klingt alles total creepy.
 Ich denke an die Nachbarin aus dem Zweiten. Die einzige Person, die ich spontan fragen könnte, ob sie mir Gesellschaft leisten würde, wenn ein fremder Mensch meine Wohnung betritt. Ich frage mich, wie ich es ihr, der Angstlosen, verständlich machen soll, dass ich mich fürchte.
 Ich könnte den Fernseher im Treppenhaus verkaufen. Ihn vor die Tür stellen und darum bitten, das Geld darunter durchzuschieben. Nur: Wird das Geld dann durchgeschoben?
 Ist N. der Vor- oder der Nachname?
 Natalie. Natascha. Naomi. Nadine.

Norbert. Nico. Nadim. Nils.

Entschuldigung, aber wofür steht N.? Habe schlechte Erfahrungen gemacht und würde gerne vorher wissen, an wen ich verkaufe.

Ich lösche es wieder.

Hallo?, schreibt N. Wenn ich in einer Stunde da sein soll, wäre es gut zu wissen, wann ich mich auf den Weg machen müsste. Wohne nicht in Kreuzberg.

Ich wische mir mit dem Ärmel über die Stirn, starre auf den Bildschirm, warte.

Ich schreibe: Hi, habe vergessen zu erwähnen: Ich mache gerade ein Projekt. Verkaufe meine Sachen nur an Frauen. Sind Sie eine Frau?

Ich klicke auf Senden.

Es rauscht. Auch in der Wohnung. Wahrscheinlich der Fernseher, denke ich.

N. schreibt: Wenn das hier so ne feministische Verarschungsnummer ist, sind Sie bei mir falsch. Ich fahr jetzt zu Saturn und kauf mir da ne Flimmerkiste. Schönen Tag noch! N.

Mein Blick wandert vom abgehängten Fernseher zu der Uhr, die darüber hängt. Warum habe ich kein Regal aufgebaut, aber die Uhr an die Wand gehängt? Oder hing die Uhr schon? Ich kann mich gar nicht daran erinnern, dass ich eine Uhr besessen habe. Dass ich *diese* Uhr besessen habe, dass das meine Uhr ist.

Seit Etty tot ist, habe ich bei jeder Uhr das Gefühl, dass sie wie ein Abfluss funktioniert. Wenn ich auf die Zeiger sehe, wirken sie wie eine Strömung. Sie ziehen mich rein in einen Strudel. Sie ziehen uns alle rein in den Strudel.

Die Zählzeit beginnt jeden Tag von vorn und bewegt

sich gleichzeitig rückwärts. Seit Etty tot ist, gibt es zwei Zählzeiten. Wir zählen immer wieder zurück. Zurück zu Etty und machen sie uns sichtbar.

Besonders jetzt, wo wir Ettys Geburtstag erreicht haben. Und an jedem von Ettys Todestagen werden wir auch selber sterben, immer ein kleines Stück. Wir sterben gemeinsam. Mit Etty. Und wir leben gemeinsam. Mit Etty. Wir werden sie halten und wärmen, in unseren Herzen und Träumen.

Vielleicht werden wir hin und wieder über irgendetwas lachen müssen. Aber wir werden müde bleiben. Das Böse wird wie ein Mantel über Menschen und Dingen hängen. Und unter dem Mantel klebt das Bild von der lachenden Etty. Das Böse wird in Worten stecken, die schon immer viel zu groß waren, um sie tatsächlich verstehen zu können. Ungerechtigkeit, zum Beispiel. Schutzlosigkeit, Kraft, Verbrechen, Mord.

Gleichzeitig werden wir viel zu wach sein für Dinge, die andere gar nicht bemerken. Wir werden langsamer sein und feststellen, dass das kein anderes Tempo, sondern Vorsicht ist. Wir werden uns im Beobachten von Händen und Menschen verlieren und immer wieder zu uns kommen, als würden wir aus einem dunklen Traum erwachen. Wir werden stiller sein. Wir werden Abstand halten.

Das alles werden wir unauffällig machen. So, dass es uns selbst bald gar nicht mehr auffällt, damit wir es leichter ertragen können, dass wir uns so verändern. Hin und wieder werden wir unsere Köpfe auf die Waage legen und schauen, ob sie leichter werden, mit der Zeit.

Danksagung

Herzlichen Dank an die Senatsverwaltung für Kultur und Europa für die Unterstützung in Form des Recherchestipendiums und des Arbeitsstipendiums für deutschsprachige Literatur.

Lieben Dank an Kulturraum Berlin GmbH für den großartigen Arbeitsraum für Literatur.

Quellen

S. 13: „Arbeit und Struktur" – Wolfgang Herrndorf – Seite 439 – 1. Auflage 2013 – Rowohlt Berlin – ISBN 978 3 87134 781 8

S. 29/30: „Jeder Tag ist ein kleines Jahrhundert" – Die Heiterkeit – Album: „Was passiert ist" – 2019 – Buback Tonträger – LC 07650

S. 90: „Rauch-Haus-Song" – Ton Steine Scherben – Album: „Keine Macht für Niemand" – 1972 – David Volksmund Produktion – LC 3773

S. 104/105: „Der Mond ist aufgegangen"

S. 108: „Kaltes klares Wasser" – Malaria! – Album: „Kaltes Klares Wasser" – 1991 – Moabit Musik – LC 6395

S. 160/161: „So bist du" – Peter Maffay – Album: „Steppenwolf" – 1979 – Telefunken – LC 0366

Hinweis zu möglichen Triggern: Diese Hinweise nehmen auf Menschen mit traumatischen Erfahrungen Rücksicht. Aus subjektiver Sicht können Trigger von Bedeutung sein oder nicht, unabhängig davon, in welchem Kontext oder Medium sie sich finden. Wir möchten an dieser Stelle deshalb anmerken: „Warum wir noch hier sind" konfrontiert dich mit Beschreibungen eines Femizides sowie Trauer und Tod.

Gefördert mit Mitteln der Senatsverwaltung für Kultur und Europa Berlin.

Kultur Räume Berlin Gefördert durch Kultur Räume Berlin – Bündnis Raum für künstlerische Arbeit der Freien Szene.

Dieses Produkt ist **Cradle to Cradle Certified®** auf Bronze-Niveau. **Cradle to Cradle Certified®** ist eine eingetragene Marke des **Cradle to Cradle Products Innovation Institute.** Dieses Buch findet seinen Weg ohne Plastikfolie, die es unnötig einhüllt, zu dir – für unsere Umwelt und unsere Zukunft.

Auflage:
4   3   2   1
2026 2025 2024 2023

© 2023
HAYMON verlag
Innsbruck-Wien
www.haymonverlag.at

Alle Rechte vorbehalten. Kein Teil des Werkes darf in irgendeiner Form (Druck, Fotokopie, Mikrofilm oder in einem anderen Verfahren) ohne schriftliche Genehmigung des Verlages reproduziert oder unter Verwendung elektronischer Systeme verarbeitet, vervielfältigt oder verbreitet werden.

ISBN 978-3-7099-8197-9

Lektorat: Angelika Klammer, Haymon Verlag / Katharina Schaller
Projektleitung: Haymon Verlag / Nadine Rendl
Buchinnengestaltung nach Entwürfen von: himmel. Studio für Design und Kommunikation, Innsbruck / Scheffau – www.himmel.co.at
Satz: Da-TeX Gerd Blumenstein, Leipzig
Umschlaggestaltung, Gestaltung von Vor- und Nachsatz: Jasmin Keune-Galeski, www.jasminkeunegaleski.com
Autorinnenfoto: Mike Auerbach